雅众
elegance

智性阅读
诗意创造

给青年诗人的信

Briefe an einen jungen Dichter

〔奥〕里尔克 著

冯至 译

北京联合出版公司
Beijing United Publishing Co.,Ltd.

雅众文化 出品

〔奥〕莱内·马利亚·里尔克

(Rainer Maria Rilke，1875—1926)

德语诗人，也用法语写作。出生于布拉格，生活在慕尼黑和柏林，曾旅居意大利、斯堪的纳维亚及法国。著作丰富，包括诗歌、小说、书简，代表作《杜伊诺哀歌》《致奥尔弗斯的十四行诗》《给青年诗人的信》等。因白血病逝世，葬于瑞士。

冯至

(1905—1993)

原名冯承植，字君培，河北涿县（今河北涿州）人。毕业于北京大学，在德国海德堡大学获哲学博士学位。曾任同济大学、西南联合大学及北京大学教授，著有诗集《昨日之歌》《十四行集》等。曾被选为或聘为瑞典、奥地利等国科学院院士，并曾获得歌德奖章等。被鲁迅誉为“中国最为杰出的抒情诗人”。

CONTENTS

目 录

附录一：里尔克作品

附录二：冯至论里尔克

附录三：里尔克逝世十周年演讲

重印前言[1]

我一向尊敬的

一个在诗的历史上

有重大贡献的诗人

这本小书译于1931年，到现在已经整整六十年。那时我为什么翻译它，在1937年写的“译者序”里已经作了交代，这里不再重复。它于1938年由商务印书馆出版，正是抗日战争的第二年，印数不多，流传不广，我收到几本样书，当时分赠友人，自己只留下一本。但它给我留下一些值得纪念的回忆。

1939年我到昆明不久，就在《云南日报》上读到一篇关于这本书比较深入的评论，过些时我才知道作者王逊是一位年轻的美术研究者，在云南大学

1 《给青年诗人的信》冯至译本1994年由北京生活·读书·新知三联书店重排再版，这是当时冯至所写的前言。

教书，不久我们便成为常常交往的朋友（不幸他于六〇年代在北京逝世了）。1946 年我回到北平，听说某中学的一位国文教师，很欣赏这本书，曾一度把它当作教材在课堂上讲授。很遗憾，我并没有得到机会认识他。最使我感动的，是友人杨业治在昆明生活极为困难的时期，曾将此书与原文仔细对照，他发现几处翻译的错误，提出不少中肯的修改意见，写在十页长短不齐的土纸条上交给我。这些又薄又脆的纸条我保留至今，但字迹已模糊，用放大镜才能看得清楚。五〇年代，我在仅仅留存的那一本上边，把译文校改过一次。不料十年浩劫，校改本被人抄走，一去不回。

这些年来，先是绿原同志，后是沈昌文同志，他们都找到原书，各自以复印本相赠，同时舒雨同志读到这本书，对译文也提了一些意见；我得以在复印本上再一次从头至尾进行修改，在这里我谨向他们表示衷心的感谢。这次修改，改正了一些错误，填补了几处漏译，词句间作了不少改动，但仍不免存有六十年前文体的痕迹。

经过六十年的岁月，这本书的内容有些地方我已不尽同意，校改也只认为是一个应尽的责任，不再有“译者序”里所说的那种激情。唯念及里尔克写这些信时，正是他在巴黎与罗丹接触后思想发生变化、创作旺盛的时期；对于我一向尊敬的、一个在诗的历史上有重大贡献的诗人，正如“收信人引言”中所说，这些信“为了理解里尔克所生活所创造的世界是重要的，为了今日和明天许多生长者和完成者也是重要的”。

关于收信人的身世，我在“译者序”中曾说“知道得很少”。现从里尔克的《书信选》（1980 年）“收信人索引”中得知卡卜斯生于 1883 年，是作家，曾任奥地利军官，1966 年还住在柏林。——想他现在早已逝世了。

这次重印，附录除原有《论“山水”》[1] 外，另增摘译《马尔特·劳利兹·布里格随笔》[2] 中的两段。

---

1 *Von der Landschaft*，属文艺批评。

2 *Die Aufzeichnungen des Malte Laurids Brigge*。

《论“山水”》写于第一封信的前一年，即1902年，本来拟作为作者1903年出版的《渥尔卜斯威德画派》[1]一书的序言，但没有采用，直到1932年才作为遗稿发表。

《马尔特·劳利兹·布里格随笔》是里尔克的一部长篇小说，从1904年起始写，1910年完成。这里摘译的两段反映了作者1902年初到巴黎时生活和思想的情况。

这两个“附录”都是译者译完了“十封信”后在1932年翻译的，曾先后在《沉钟》半月刊上发表过。

1991年12月4日

---

1 *Worpswede*。

初版译者序[1]

第一次读到这一小册书信时

觉得字字都好似从自己心里流出来

又流回到自己的心里

感到一种满足，一种兴奋

这十封信是莱内·马利亚·里尔克（Rainer Maria Rilke，1875—1926）在他三十岁左右时写给一个青年诗人的。里尔克除却他诗人的天职外，还是一个永不疲倦的书简家；他一生写过无数比这十封更亲切、更美的信。但是这十封信却浑然天成，无形中自有首尾；向着青年说得最多。里边他论到诗和艺术，论到两性的爱，严肃和冷嘲，悲哀和怀疑，论到生活和职业的艰难——这都是青年人心里时常起伏的问题。

1 冯至译本《给一个青年诗人的十封信》1938 年由商务印书馆首次出版，收入“中德文化丛书”，这是当时冯至所写的译者序。

人们爱把青年比作春，这比喻是正确的。可是彼此的相似点与其说是青年人的晴朗有如春阳的明丽，倒不如从另一方面看，青年人的愁苦、青年人的生长，更像那在阴云暗淡的风里、雨里、寒里演变着的春。因为后者比前者更漫长、沉重而更有意义。我时常在任何一个青年的面前，便联想起荷兰画家凡诃[1]的一幅题作《春》的画：那幅画背景是几所矮小、狭窄的房屋，中央立着一棵桃树或杏树，树丫的枝干上寂寞地开着几朵粉红色的花。我想，这棵树是经过了长期的风雨，如今还在忍受着春寒，四围是一个穷乏的世界，在枝干内却流动着生命的汁浆。这是一个真实的、没有夸耀的春天！青年人又何尝不是这样呢，生命无时不需要生长，而外边却不永远是日光和温暖的风。他们要担当许多的寒冷和无情、淡漠和误解。他们一切都充满了新鲜的生气，而社会的习俗却是腐旧的，腐旧得像是洗染了许多遍的衣衫。他们觉得内心和外界无法协调，处处受着限制，同时又不能像植物似的那样沉默，他

1　凡诃（Van Gogh，1853—1890），荷兰画家。今译凡·高。

们要向人告诉，——他们寻找能够听取他们的话的人，他们寻找能从他们表现力不是很充足的话里体会出他们的本意而给以解答的过来人。在这样的寻找中，几乎是一百个青年有一百个失望了。但是有一人，本来是一时的兴会，写出一封抒发自己内心状况的信，寄给一个不相识的诗人，那诗人读完了信有所会心，想起自己的青少年时代，仿佛在抚摩他过去身上的痕迹，随即来一封，回答一封，对于每个问题都给一个精辟的回答和分析。——同时他却一再声明，人人都要自己料理，旁人是很难给以一些帮助的。

可是他告诉我们，人到世上来，是艰难而孤单的。一个个的人在世上好似园里的那些并排着的树。枝枝叶叶也许有些呼应吧，但是它们的根，它们盘结在地下摄取营养的根却各不相干，又沉静，又孤单。人每每为了无谓的喧嚣，忘却生命的根蒂，不能在寂寞中、在对草木鸟兽（它们和我们一样都是生物）的观察中体验一些生的意义，只在人生的表面上永远往下滑过去。这样，自然无所谓艰难，也无所谓孤单，只是隐瞒和欺骗。欺骗和隐瞒的工具，里尔克告诉我们说，是社会的习俗。人在遇见了艰难，遇见了恐怖，遇见了严重的事物而无法应付时，便会躲在习俗的下边去求它的庇护。它成了人们的避难所，却不是安身立命的地方。——谁若是要真实地生活，就必须脱离开现成的习俗，自己独立成为一个生存者，担当生活上种种的问题，和我们的始祖所担当过的一样，不能容有一些儿代替。

在这几封信里，处处流露着这种意义，使读者最受感动。当我于 1931 年的春天，第一次读到这一小册书信时，觉得字字都好似从自己心里流出来，又流回到自己的心里，感到一种满足、一种兴奋，禁不住读完一封，便翻译一封，为的是寄给不能读德文的远方的朋友。如今已经过了六年，原书不知又重版多少次，而我的译稿则在行箧内睡了几年觉，始终没有印成书。现在我把它取出来，略加修改付印，仍然是献给不能读德文原文的朋友。后边附录一篇里尔克的散文《论“山水”》。这篇短文内容丰富，在我看来，是抵得住一部艺术学者的专著的。我尤其喜欢那篇文章里最末的一段话，因为读者自然会读到，恕我不在这里抄引了。

关于里尔克的一生和他的著作，不能在这短短的序中完整叙述。去年他去世十周年纪念时，上海的《新诗》月刊第一卷第三期，曾为他出一特辑，读者可以参看。他的作品有一部分已由卞之琳、梁宗岱、冯至译成中文，散见《沉钟》半月刊、《华胥社论文集》、《新诗》月刊、大公报的《文艺》和《艺术周刊》中。

至于收信人的身世，我知道得很少，大半正如他的“引言”里所说的一样，后来生活把他“赶入了正是这位诗人温暖、和蔼而多情的关怀”所为他“防护的境地”了。

1937年5月1日

收信人引言

一个伟大的人、旷百世而一遇的人

说话的地方

小人物必须沉默

1902年的深秋——我在维也纳新城陆军学校的校园里，坐在古老的栗树下读着一本书。我读时是这样专心，几乎没有注意到，那位在我们学校中唯一不是军官的教授、博学而慈祥的校内牧师荷拉捷克[1]是怎样走近我的身边。他从我的手里取去那本书，看看封面，摇摇头。“莱内·马利亚·里尔克的诗？”他深思着问。随后他翻了几页，读了几行，望着远方出神。最后才点头说道：“勒内·里尔克[2]从陆军学生变成一个诗人了。”

1 Horaček。

2 里尔克原名勒内。

于是我知道一些关于这个瘦弱苍白的儿童的事，十五年前他的父母希望他将来做军官，把他送到圣坡尔腾[1]的陆军初级学校读书。那时荷拉捷克在那里当牧师，他还能清清楚楚地记起这个陆军学生。他说他是一个平静、严肃、天资很高的少年，喜欢寂寞，忍受着宿舍生活的压抑，四年后跟别的学生一齐升入梅里史·外司克尔心[2]地方的陆军高级中学。可是他的体格担受不起，于是他的父母把他从学校里召回，教他在故乡布拉格继续读书。此后他的生活是怎样发展，荷拉捷克就不知道了。

这一切很容易了解，这时我立即决定把我的诗的试作寄给莱内·马利亚·里尔克，请他批评。我还没有满二十岁，就逼近一种职业的门槛，我正觉得这职业与我的意趣相违，我希望，如果向旁人去寻求理解，就不如向这位《自庆》[3]的作者去寻求了。我无意中在寄诗时还附加一封信，信上自述是这样

1 圣坡尔腾（Sankt Pölten），奥地利古城，距维也纳不远。

2 梅里史·外司克尔心（Mährisch-Weisskirchen），位于捷克。

3 *Mir zur Feier*，里尔克早年诗集，出版于 1899 年。

坦白，我在这以前和以后从不曾向第二个人作过。

几个星期过去，回信来了。信上印着巴黎的戳记，握在手里很沉重；从头至尾写着与信封上同样清晰美丽而固定的字体。于是我同莱内·马利亚·里尔克开始了不断的通讯，继续到1908年才渐渐稀疏，因为生活把我赶入了正是诗人的温暖、和蔼而多情的关怀所为我防护的境地。

这些事并不关重要。重要的是下边的这十封信，为了理解里尔克所生活所创造的世界是重要的，为了今日和明天许多生长者和完成者也是重要的。一个伟大的人、旷百世而一遇的人说话的地方，小人物必须沉默。

弗兰斯·克萨危尔·卡卜斯[1]

1929年6月　柏林

1　Franz Xaver Kappus（1883—1966），奥地利军官、诗人。

第一封信

我还应该向你说什么呢

我觉得一切都本其自然

巴黎

一九〇三年二月十七日

尊敬的先生：

你的信前几天才转到我这里。我要感谢你信里博大而亲爱的依赖。此外我能做的事很少。我不能评论你的诗艺；因为每个批评的意图都离我太远。再没有比批评的文字那样同一件艺术品隔膜的了；同时总是演出来较多或较少的凑巧的误解。一切事物都不是像人们要我们相信的那样可理解而又说得出的；大多数的事件是不可信传的，它们完全在一个语言从未达到过的空间；可是比一切更不可言传的是艺术品，它们是神秘的生存，它们的生命在我们无常的生命之外赓续着。

我既然预先写出这样的意见，可是我还得向你说，你的诗虽没有自己的特点，但自然暗中也静静地潜伏着向着个性发展的趋势。我感到这种情形最明显的是在最后一首《我的灵魂》里，这首诗字里行间显示出一些自己的东西。还有在那首优美的诗《给雷渥琶地[1]》也洋溢着一种同这位伟大而寂寞的诗人精神上的契合。虽然如此，你的诗本身还不能算什么，还不是独立的，就算那最后的一首和《给雷渥琶地》也不是。我读你的诗时感到有些不能明确说出的缺陷，可是你随诗寄来的亲切的信，却把这些缺陷无形中向我说明了。

你在信里问你的诗好不好。你问我。你从前也问过别人。你把它们寄给杂志。你把你的诗跟别人的比较；若是某些编辑部退回了你的试作，你就不安。那么（因为你允许我向你劝告），我请你，把这一切放弃吧！你向外看，是你现在最不应该做的事。没有人能给你出主意，没有人能够帮助你。只有一个唯一的方法：请你走向内心。探索那叫你写的缘由，

---

1 雷渥琶地（Giacomo Leopardi，1798—1837），意大利诗人。今译莱奥帕尔迪。

考察它的根是不是盘在你心的深处；你要坦白承认，万一你写不出来，是不是必得因此而死去。这是最重要的——在你夜深最寂静的时刻问问自己：我必须写吗？你要在自身内挖掘一个深的答复。若是这个答复表示同意，而你也能够以一种坚强、单纯的“我必须”来对答那个严肃的问题，那么，你就根据这个需要去建造你的生活吧；你的生活直到它最寻常最细琐的时刻，都必须是这个创造冲动的标志和证明。然后你接近自然。你要像一个原人似的练习去说你所见、所体验、所爱以及所遗失的事物。不要写爱情诗；先要回避那些太流行、太普通的格式：它们是最难的；因为那里聚有大量好的或是一部分精美的流传下来的作品，从中再表现出自己的特点则需要一种巨大而熟练的力量。所以你要躲开那些普遍的题材，而归依于你自己日常生活呈现给你的事物；你描写你的悲哀与愿望，流逝的思想与对于某一种美的信念——用深幽、寂静、谦虚的真诚描写这一切，用你周围的事物、梦中的图影、回忆中的对象表现自己。如果你觉得你的日常生活很贫乏，你不要抱怨它；还是怨你自己吧，怨你还不够做一个诗人来呼唤生活的宝藏；因为对于创造者没有贫乏，也没有贫瘠不关痛痒的地方。即使你自己是在一座监狱里，狱墙使人世间的喧嚣和你的官感隔离——你不还永远据有你的童年吗，这贵重的富丽的宝藏，回忆的宝库？你往那方面多多用心吧！试行拾捡起过去久已消沉了的动人的往事；你的个性将渐渐固定，你的寂寞将渐渐扩大，成为一所朦胧的住室，别人的喧扰只远远地从旁走过。——如果从这收视反听，从这向自己世界的深处产生出“诗”来，你一定不会再想问别人，这是不是好诗。你也不会再尝试让杂志去注意这些作品：因为你将在作品里看到你亲爱的天然产物，你生活的断片与声音。一件艺术品是好的，只要它是从“必要”里产生的。在它这样的根源里就含有对它的评判：别无他途。所以，尊敬的先生，除此以外我也没有别的劝告：走向内心，探索你生活发源的深处，在它的发源处你将会得到问题的答案，是不是“必须”的创造。它怎么说，你怎么接受，不必加以说明。它也许告诉你，你的职责是艺术家。那么你就接受这个命运，承担起它的重负和伟大，不要关心从外边来的报酬。因为创造者必须自己是一个完整的世界，在自身和自身所连接的自然界里得到一切。

但也许经过一番向自己、向寂寞的探索之后，你就断念做一个诗人了（那也够了，感到自己不写也能够生活时，就可以使我们决然不再去尝试）；就是这样，我向你所请求的反思也不是徒然的。无论如何，你的生活将从此寻得自己的道路，并且那该是良好、丰富、广阔的道路，我所愿望于你的比我所能说出的多得多。

我还应该向你说什么呢？我觉得一切都本其自然；归结我也只是这样劝你，静静地严肃地从你的发展中成长起来；没有比向外看和从外面等待回答会更严重地伤害你的发展了，你要知道，你的问题也许只是你最深的情感在你最微妙的时刻所能回答的。

我很高兴，在你的信里见到了荷拉捷克教授的名字；我对于这位亲切的学者怀有很大的敬意和多年不变的感激。请你替我向他致意；他至今还记得我，我实在引为荣幸。

你盛意寄给我的诗，现奉还。我再一次感谢你对我信赖的博大与忠诚；我本来是个陌生人，不能有所帮助，但我要通过这封本着良知写的忠实的回信报答你的信赖于万一。

以一切的忠诚与关怀：

莱内·马利亚·里尔克

第二封信

在根本处

也正是在那最深奥、最重要的事物上

我们是无名地孤单

皮萨危阿雷觉（意大利）[1]

一九〇三年四月五日

请你原谅我，亲爱的、尊敬的先生，我直到今天才感谢地想到你二月二十四日的来信：这段时间我很苦恼，不是病，但是一种流行性感冒类的衰弱困扰我，做什么事都没有力气。最后，这种现象一点也不变更，我才来到这曾经疗养过我一次的南方的海滨。但是我还未康复，写作还困难，你只得接受这封短信代替我更多的心意。

你自然必须知道，你的每封信都永远使我欢喜，可是你要宽恕我的回答，它也许对你没有什么帮助；因为在根本处，也正是在那最深奥、最重要的事物上我们是无名地孤单；要是一个人能够对别人劝告，

1 Viareggio，Pisa（今译比萨）的一个地方。

甚至帮助时，彼此间必须有许多事情实现了，完成了，一切事物必须有一个完整的安排，才会有一次的效验。

今天我只要向你谈两件事：第一是“暗嘲”[1]：

你不要让你被它支配，尤其是在创造力贫乏的时刻。在创造力丰富的时候你可以试行运用它，当作一种方法去理解人生。纯洁地用，它就是纯洁的，不必因为它而感到羞愧；如果你觉得你同它过于亲密，又怕同它的亲密日见增长，那么你就转向伟大、严肃的事物吧，在它们面前它会变得又渺小又可怜。寻求事物的深处：在深处暗嘲是走不下去，——若是你把它引近伟大的边缘，你应该立即考量这个理解的方式（暗嘲）是不是发自你本性的一种需要。因为在严肃事物的影响下，如果它是偶然发生的，它会脱离了你；如果它真是天生就属于你，它就会强固成为一个严正的工具，而列入你创作艺术的一

1 Ironie，一译“反讽”。

些方法的行列中。

第二件我今天要向你说的是：

在我所有的书中只有少数的几本是不能离身的，有两部书甚至无论我走到哪里都在我的行囊里。此刻它们也在我的身边：一部是《圣经》，一部是丹麦伟大诗人茵斯·彼得·雅阔布生[1]的书。我忽然想起，不知你读过他的著作没有。这很容易买到，因为有一部分很好的翻译在雷克拉木（Reclam）万有文库[2]中出版。你去买他的《六篇短篇小说》和他的长篇《尼尔·律内》（*Niels Lyhne*）。你先读前一本的第一篇《摩根斯》（*Mogens*）。一个世界将要展现在你的面前，一个世界的幸福、丰富、不可捉摸的伟大。请你在这两本书里体验一些时，学你以为值得学的事物，但最重要的是你要爱它们。这种爱将为你得到千千万万的回报，并且，无论你的生活取怎样的

1　茵斯·彼得·雅阔布生（Jens Peter Jacobsen，1847—1885），丹麦小说家、诗人。

2　*Reclams Universal-Bibliothek*，莱比锡雷克拉木出版社（Reclam Verlag）的文学丛书。

途径，——我确信它将穿过你的成长的丝纶，在你一切经验、失望与欢悦的线索中成为最重要的一条。

如果我应该说，从谁那里我体验到一些关于创作的本质以及它的深奥与它的永恒的意义，那么我只能说出两个名字：一个是雅阔布生，伟大的诗人；一个是奥古斯特·罗丹[1]，那在现存的艺术家中无人能与比拟的雕刻家。

愿你前途一切成功！

你的：

莱内·马利亚·里尔克

---

1 奥古斯特·罗丹（Auguste Rodin，1840—1917），法国雕刻家。里尔克于1902年赴巴黎拜访罗丹，并于1906年短期任其秘书。

第三封信

像树木似的成熟

不勉强挤它的汁液

满怀信心地立在春日的暴风雨中

也不担心后边没有夏天来到

皮萨危阿雷觉（意大利）

一九〇三年四月二十三日

亲爱的、尊敬的先生，你复活节的来信给我许多欢喜：因为它告诉我许多关于你的好消息，并且像你对于雅阔布生伟大而可爱的艺术所抒发的意见也可以证明，我把你的生活和生活上的许多问题引到这丰富的世界里来，我并没有做错。

现在你该读《尼尔·律内》了，那是一部壮丽而深刻的书；越读越好像一切都在书中，从生命最轻妙的芬芳到它沉重的果实的厚味。这里没有一件事不能被我们去理解、领会、经验，以及在回忆的余韵中亲切地认识；没有一种体验是过于渺小的，就是很小的事件的开展都像是一个大的命运，并且这命运本身像是一块奇异广大的织物，每条线都被一只无限温柔的手引来，排在另一条线的旁边，千百条互相持衡。你将要得到首次读这本书时的大幸福，通过无数意料不到的惊奇，仿佛在一个新的梦里。可是我能够向你说，往后我们读这些书时永远是个惊讶者，它们永不能失去它们的魅力，连它们首次给予读者的童话的境界也不会失掉。

我们只在那些书中享受日深，感激日笃，观察更为明确而单纯，对于生的信仰更为深沉，在生活里也更幸福博大。

往后你要读那部叙述马丽·葛鲁伯夫人的命运与渴望的奇书[1]，还有雅阔布生的信札、日记、片段，最后还有他的诗（纵使是平庸的德文翻译），也自有不能磨灭的声韵（这时我要劝告你，遇机会时可以去买一部雅阔布生的全集，一切都在里边。共三册，译文很好，莱比锡外根·笛得利许书店[2]出版，每册据我所知只卖五六个马克）。

1 指长篇小说《马丽·葛鲁伯夫人》（*Frau Marie Grubbe*）。

2 Eugen Diederichs，莱比锡当地出版社。

关于那篇非常细腻而精练的短篇小说《这里该有蔷薇……》，你对于作序者不同的意见实在很对。顺便我劝你尽可能少读审美批评的文字，——它们多半是一偏之见，已经枯僵在没有生命的硬化中，毫无意义；不然就是乖巧的卖弄笔墨，今天这派得势，明天又是相反的那派。艺术品都是源于无穷的寂寞，没有比批评更难望其边际的了。只有爱能够理解它们，把住它们，认识它们的价值。——面对每个这样的说明、评论或导言，你要想念你自己和你的感觉；万一你错误了，你内在的生命自然的成长会慢慢地随时使你认识你的错误，把你引到另外一条路上。让你的判断力静静地发展，发展跟每个进步一样，是深深地从内心出来，既不能强迫，也不能催促。一切都是时至才能产生。让每个印象与一种情感的萌芽在自身里、在暗中、在不能言说、不知不觉、个人理解所不能达到的地方完成。以深深的谦虚与忍耐去期待一个新的豁然贯通的时刻：这才是艺术地生活，无论是理解或是创造，都一样。

不能计算时间，年月都无效，就是十年有时也等于虚无。艺术家是：不算，不数；像树木似的成熟，不勉强挤它的汁液，满怀信心地立在春日的暴风雨中，也不担心后边没有夏天来到。夏天终归是会来的。但它只向着忍耐的人们走来；他们在这里，好像永恒总在他们面前，无忧无虑地寂静而广大。我天天学习，在我所感谢的痛苦中学习："忍耐"是一切！

谈到理洽特·德美尔[1]：他的书（同时也可以说他这个人，我泛泛地认识他），我觉得是这样，每逢我读到他的一页好诗时，我常常怕读到第二页，又把前边的一切破坏，将可爱之处变得索然无味。你把他的性格刻画得很对："情欲地生活，情欲地创作。"——其实艺术家的体验是这样不可思议地接近于性的体验，接近于它的痛苦与它的快乐，这两种现象本来只是同一渴望与幸福的不同的形式。若是可以不说是"情欲"，——而说是"性"，是博大的、纯洁的、没有被教会的谬误所诋毁的意义中的"性"，那么他的艺术或者会很博大而永久地重要。他诗人

1 理洽特·德美尔（Richard Dehmel，1863—1920），德国诗人。

的力是博大的坚强，似一种原始的冲动，在他自身内有勇往直前的韵律爆发出来，像是从雄浑的山中。

但我觉得，这个力并不永远是完全直率的，不无装腔作态（这对于创造者实在是一个严峻的考验，他必须永远不曾意识到、不曾预感到他最好的美德，如果他要保持住那美德的自然而混元的境地）。现在这个鼓动着他的本性的力向性的方面进发，但是它却没有找到它所需要的那个纯洁的人。那里没有一个成熟而纯洁的性的世界，只有一个缺乏广泛的“人性”，而只限于“男性”的世界，充满了情欲、迷醉与不安，为男人旧日的成见与傲慢的心所累，使爱失却了本来的面目。因为他只是作为男人去爱，不是作为人去爱，所以在他的性的感觉中有一些狭窄、粗糙、仇恨、无常，没有永久性的成分存在，减低艺术的价值，使艺术支离晦涩。这样的艺术不会没有污点，它被时代与情欲所渲染，很少能持续存在（多数的艺术却都是这样）。虽然，我们也可以享受其中一些卓绝的地方，可是不要沉溺失迷，变成德美尔世界中的信徒；他的世界是这样无穷地烦恼，充满了奸情、迷乱，同真实的命运距离太远了；真实的命运比起这些暂时的忧郁使人更多地担受痛苦，但也给人以更多的机会走向伟大，更多的勇气向着永恒。

最后关于我的书，我很愿意送你一整份你所喜欢的。但我很穷，并且我的书一出版就不属于我了。我自己不能买，虽然我常常想赠给能够对于我的书表示爱好的人们。

所以我在另纸上写给你我最近出版的书名和出版的书局（只限于最近的；若是算上从前的共有十二三种），亲爱的先生，我把这书单给你，遇机会时你任意订购好了。

我愿意我的书在你的身边。

珍重！

你的：

莱内·马利亚·里尔克

第四封信

你是这样年轻

一切都在开始

亲爱的先生

我要尽我的所能请求你

对于你心里一切的疑难

要多多忍耐

布莱门渥尔卜斯威德[1]

一九〇三年七月十六日

十天前我又苦恼又疲倦地离开了巴黎，到了一处广大的北方的平原，它的旷远、寂静与天空本应使我恢复健康。可是我却走入一个雨的季节，直到今天在风势不定的田野上才闪透出光来；于是我就用这第一瞬间的光明来问候你，亲爱的先生。

亲爱的卡卜斯先生：我很久没有答复你的信，我并没有忘记它——反而它是常常使我从许多信中检出来再读一遍的，并且在你的信里我认识你非常亲切。那是你五月二日的信，你一定记得起这封信。我现在在这远方无边寂静中重读你的信，你那对于生活的美好的忧虑感动我，比我在巴黎时已经感到

1 Worpswede，德国 Bremen（今译不来梅）近郊的艺术家居住区。

的还深；在巴黎因为过分的喧嚣，一切都发出异样的声音，使万物战栗。这里周围是伟大的田野，从海上吹来阵阵的风。这里我觉得，那些问题与情感在它们的深处自有它们本来的生命，没有人能够给你解答；因为就是最好的字句也要失去真意，如果它们要解释那最轻妙、几乎不可言说的事物。虽然，我却相信你不会永远得到解决，若是你委身于那同现在使我的眼目为之一新的相类似的事物。若是你依托自然，依托自然中的单纯，依托于那几乎没人注意到的渺小，这渺小会不知不觉地变得庞大而不能测度；若是你对于微小都怀有这样的爱，作为一个侍奉者质朴地去赢得一些好像贫穷的事物的信赖：那么，一切对于你就较为轻易、较为一致、较为容易和解了，也许不是在那惊讶着退却的理智中，而是在你最深的意识、觉醒与悟解中得到和解。你是这样年轻，一切都在开始，亲爱的先生，我要尽我的所能请求你，对于你心里一切的疑难要多多忍耐，要去爱这些“问题的本身”，像是爱一间锁闭了的房屋，或是一本用别种文字写成的书。现在你不要去追求那些你还不能得到的答案，因为你还不能在生活里体验到它们。一切都要亲身生活。现在你就在这些问题里“生活”吧。或者，不大注意，渐渐会有那遥远的一天，你生活到了能解答这些问题的境地。也许你自身内就负有可能性：去组织、去形成一种特别幸福与纯洁的生活方式；你要向那方面修养——但是，无论什么来到，你都要以广大的信任领受；如果它是从你的意志里、从任何一种内身的窘困里产生的，那么你要好好地负担着它，什么也不要憎恶。“性”，是很难的。可是我们分内的事都很难；其实一切严肃的事都是艰难的，而一切又是严肃的。如果你认识了这一层，并且肯这样从你自身、从你的禀性、从你的经验、你的童年、你的生命力出发，得到一种完全自己的（不是被因袭和习俗所影响的）对于“性”的关系：那么你就不要怕你有所迷惑，或是玷污了你最好的所有。

身体的快感是一种官感的体验，与净洁的观赏或是一个甜美的果实放在我们舌上的净洁的感觉没有什么不同；它是我们所应得的丰富而无穷的经验，是一种对于世界的领悟，是一切领悟的丰富与光华。

我们感受身体的快感并不是坏事；所不好的是：几乎一切人都错用了、浪费了这种经验，把它放在生活疲倦的地方当作刺激，当作疏散，而不当作向着顶点的聚精会神。就是饮食，也有许多人使之失去本意：一方面是“不足”，另一方面是“过度”，都搅浑了这个需要的明朗；同样搅混的，是那些生命借以自新的一切深的、单纯的需要。但是一个“个人”能够把它认清，很清晰地生活（如果因为“个人”是要有条件的，那么我们就说是“寂寞的人”），他能够想起，动物和植物中一切的美就是一种爱与渴望的、静静延续着的形式；他能够同看植物一样去看动物，它们忍耐而驯顺地结合、增殖、生长，不是由于生理的享乐也不是由于生理的痛苦，只是顺从需要，这个需要是要比享乐与痛苦伟大，比意志与抵抗还有力。啊，人们要更谦虚地去接受、更严肃地负担这充满于大地一直到极小的物体的神秘，并且去承受和感觉，它是怎样重大的艰难，不要把它看得过于容易！对于那只有“一个”的果实，不管它是身体的或是精神的，要有敬畏的心；因为精神的创造也是源于生理的创造，同属于一个本质，并且只像是一种身体快感的更轻妙、更兴奋、更有永久性的再现。至于你所说的“那个思想，去当创造者，去生产、去制作”。绝不能缺少他在世界中得到不断的伟大的证明和实现，也不能缺少从物与动物那里得来的千应万诺，——他的享受也只是因此才这样难以形容地美丽而丰富，因为他具有从数百万制作与生产中遗传下来的回忆。在一个创造者思想里会有千百个被人忘记的爱情的良宵又重新苏醒，它们以崇高的情绪填实这个思想。并且那夜间幽会、结合在狂欢中的爱人们，是在做一种严肃的工作，聚集起无数的温存，为任何一个将来后起的诗人的诗歌预备下深厚的力量，去说那难于言说的欢乐。他们把“将来”唤来；纵使他们迷惑，盲目地拥抱，“将来”终于是要到的。一个新人在生长，这里完成一个偶然，在偶然的根处有永恒的规律醒来，一颗富于抵抗的种子就以这个规律闯入那对面迎来的卵球。你不要为表面所误；在深处一切都成为规律。那些把这个神秘虚伪而错误地去生活的人们（这样的人本来很多），只是自己失掉了它，而把它往下传递，像是密封的信件，并不知它的内容。你也不要被名称的繁多和事物的复杂所迷惑。超越一切的也许是一个伟大的“母性”作为共同的渴望。那少女的、一种“还无所作为”（你这样说得很好）的本性的美是，它预感着、准备着、悚惧着、渴望着的母性。母亲的美是正在尽职的母性；一个丰富的回忆则存在于老妇的身内。但我以为在男人身内也有母性，无论是身体的或是精神的；他的创造也是一种生产，只要是从最内在的丰满中创造出来的便是生产。大半两性间的关系比人们平素所想的更密切，也许这世界伟大的革新就在于这一点：男人同女人从一切错误的感觉与嫌忌里解放出来，不作为对立面互相寻找，而彼此是兄妹或邻居一般,共同以“人”的立场去工作，以便简捷地、严肃而忍耐地负担那放在他们肩上的艰难的“性”。

凡是将来有一天许多人或能实现的事，现在寂寞的人已经可以起始准备了，用他比较确切的双手来建造。亲爱的先生，所以你要爱你的寂寞，负担那它以悠扬的怨诉给你引来的痛苦。你说，你身边的都同你疏远了，其实这就是你周围扩大的开始。

如果你的亲近都离远了，那么你的旷远已经在星空下开展得很广大；你要为你的成长欢喜，可是向那里你不能带进来一个人，要好好对待那些落在后边的人们，在他们面前你要稳定自若，不要用你的怀疑苦恼他们，也不要用你的信心或欢悦惊吓他们，这是他们所不能了解的。同他们寻找出一种简单而诚挚的和谐，这种和谐，任凭你自己将来怎么转变，都无须更改；要爱惜他们那种生疏方式的生活，要谅解那些进入老境的人们；他们对于你所信任的孤独是畏惧的。要避免去给那在父母与子女间常演出的戏剧增加材料；这要费去许多子女的力，消蚀许多父母的爱，纵使他们的爱不了解我们；究竟是在爱着、温暖着我们。不要向他们问计，也不要计较了解；但要相信那种为你保存下来像是一份遗产似的爱，你要信任在这爱中自有力量存在，自有一种幸福，无须脱离这个幸福才能扩大你的世界。

那很好，你先进入一个职业[1]，它使你成为独立的

1　卡卜斯军校毕业，被任命为军官。

人，事事完全由你自己料理。你耐心地等着吧，看你内心的生活是不是由于这职业的形式而受到限制。我认为这职业是很艰难很不容易对付的，因为它被广大的习俗所累，并且不容人对于它的问题有个人的意见存在。但是你的寂寞将在这些很生疏的关系中间成为你的立足点和家乡，从这里出来你将寻得你一切的道路。

我一切的祝愿都在陪伴着你，我信任你。

你的：

莱内・马利亚・里尔克

第五封信

昼间泠泠有声

夜晚的声音更为清澈

这里的夜色广大而星光灿烂

习习拂着轻风

罗马

一九〇三年十月二十九日

亲爱的、尊敬的先生：

我在佛罗伦萨收到你八月二十九日的信，现在——两个月了——我才写回信告诉你。请你原谅我的迟延，我在路上不喜欢写信，因为我写信除去必须的纸笔外还要用：一些幽静、寂寞和一个不太生疏的时刻。

我们在六个星期前到了罗马，那时还是个空虚、炎热、时疫流行的罗马，这种环境又添上许多现实生活上安排的困难，更助长围绕我们的不安，简直没有终结,使我们尝尽了异乡漂泊的痛苦。更加之以：罗马（如果我们还不认识它）在我们到达的头几天真令人窒闷悲哀：由于它放射出来的死气沉沉忧郁的博物馆的空气；由于它精华已尽而又勉强保持着的过去时代的储存（从中滋养着一个可怜的现在）；由于这些无名的、被学者和语言学家们所维护、经常不断的意大利旅游者所效仿的、对于一切改头换面或是毁败了的物品的过分的估价，根本这些物品也不过是另一个时代另一种生活的偶然的残余，这生活已经不是我们的了，而也不应该是我们的。在日日担心防范的几星期后，虽还有些纷乱，却终于回到自己的世界，我们才说：这里并不比别的地方有更多的美，这些被世世代代所叹赏的对象，都经过俗手的修补，没有意义，无所包含，没有精神，没有价值；——但这里也自有许多美，因为无论什么地方都有它的美。永远生动的流水从古老的沟渠流入这座大城，它们在许多广场的白石盘上欢舞，散入宽阔的贮水池中，昼间泠泠有声，夜晚的声音更为清澈，这里的夜色广大而星光灿烂，习习拂着轻风。并且有许多名园，使人难忘的林荫路与石阶——米霞盎基罗[1]所设计的石阶，那是按着向下流水的姿

1 米霞盎基罗（Michelangelo Buonarroti，1475—1564），文艺复兴时期最重要的艺术家之一，今译米开朗琪罗。

势建筑的石阶：宽宽地向下一层生出一层，像是后浪接着前浪。由于这样的印象，我们凝聚精神，从那些傲慢的、谈谈讲讲的“多数”（那是多么爱饶舌呀！）回到自身内，慢慢地学习认识“少数”，在少数的事物里延绵着我们所爱的永恒和我们轻轻地分担着的寂寞。

现在我还住在城内卡皮托丘[1]上，离那最美的从罗马艺术中保存下来的马可·奥雷尔[2]骑马式的石像不远；但是在几星期后我将迁入一个寂静而简单的地方，是一座老的望楼，它深深地消失在一片大园林里，足以躲避城市的喧嚣与纷扰。我将要在那里住一冬，享受那无边的寂静，从这寂静中我期待着良好而丰盛的时间的赠品……

到那时我将常常在家，再给你写较长的信，还要谈到关于你信中的事。今天我必须告诉你的是（这

1　卡皮托丘（Kapitol），罗马地名，七座山丘中的一座。
2　马可·奥雷尔（Marc Aurel，121—180），罗马皇帝，著有《沉思录》流传后世。今译马可·奥勒留。

已经是不对了，我没有早一点告诉你），你信中提到的那本书（其中想必有你的作品）没有寄到。是不是从渥尔卜斯威德给你退回去了（因为包裹不能转到外国）？退回是最好的，我愿意得到证实。希望不要遗失——这在意大利的邮务并不是例外的事——可惜。

我很愿意接到这本书（像是我愿意接到你所写的一切一样）；还有你最近的诗（如果你寄给我），我要永远尽我的所能诚心地一读再读，好好体验。以多多的愿望和祝福。

你的：

莱内·马利亚·里尔克

第六封信

好好地忍耐

不要沮丧

你想，如果春天要来

大地就使它一点点地完成

罗马

一九〇三年十二月二十三日

我的亲爱的卡卜斯先生：

你不会得不到我的祝愿，如果圣诞节到了，你在这节日中比往日更深沉地负担着你的寂寞。若是你觉得它过于广大,那么你要因此而欢喜（你问你自己吧），哪有寂寞不是广大的呢；我们只有“一个”寂寞又大又不容易负担，并且几乎人人都有这危险的时刻，他们情心愿意把寂寞和任何一种庸俗无聊的社交，和与任何一个不相配的人勉强和谐的假象去交换……但也许正是这些时候，寂寞在生长；它在生长是痛苦的，像是男孩的发育，是悲哀的，像是春的开始。你不要为此而迷惑。我们最需要却只是：寂寞，广大的内心的寂寞。“走向内心”，长时期不遇一人——这我们必须能够做到。居于寂寞，像人们在儿童时那样寂寞，成人们来来往往，跟一些好像很重要的事务纠缠，大人们是那样匆忙，可是儿童并不懂得他们做些什么事。

如果一天我们洞察到他们的事务是贫乏的，他们的职业是枯僵的，跟生命没有关联，那么我们为什么不从自己世界的深处，从自己寂寞的广处（这寂寞的本身就是工作、地位、职业），和儿童一样把它们当作一种生疏的事去观看呢？为什么把一个儿童聪明的“不解”抛开，而对于许多事物采取防御和蔑视的态度呢？“不解”是居于寂寞；防御与蔑视虽说是要设法和这些事物隔离，同时却是和它们发生纠葛了。

亲爱的先生，你去思考你自身负担着的世界；至于怎样称呼这思考，那就随你的心意了；不管是自己童年的回忆，或是对于自己将来的想望，——只是要多多注意从你生命里出现的事物，要把它放在你周围所看到的一切之上。你最内心的事物值得你全心全意地去爱，你必须为它多方工作；并且不要浪费许多时间和精力去解释你对于人们的态度。到底谁向你说，你本来有一个态度呢？——我知道你的职业是枯燥的，处处和你相违背，我早已看出你的苦恼，我知道，它将要来了。现在它来了，我不能排解你的苦恼，我只能劝你去想一想，是不是一切职业都是这样，向个人尽是无理的要求，尽是敌意，它同样也饱受了许多低声忍气、不满于那枯燥的职责的人们的憎恶。你要知道，你现在必须应付的职业并不见得比旁的职业被什么习俗呀、偏见呀、谬误呀连累得更厉害；若是真有些炫耀着一种更大的自由的职业，那就不会有职业在它自身内广远而宽阔，和那些从中组成真实生活的伟大事物相通了。只有寂寞的个人，他跟一个“物”一样被放置在深邃的自然规律下，当他走向刚破晓的早晨，或是向外望那充满非常事件的夜晚，当他感觉到那里发生什么事，一切地位便会脱离了他，像是脱离一个死者，纵使他正处在真正的生活的中途。亲爱的卡卜斯先生，凡是你现在做军官所必须经验的，你也许在任何一种现有的职业里都会感到，甚至纵使你脱离各种职务，独自向社会寻找一种轻易而独立的接触，这种压迫之感也不会对你有什么减轻。——到处都是一样：但是这并不足使我们恐惧悲哀；如果你在人我之间没有和谐，你就试行与物接近，它们不会遗弃你；还有夜，还有风——那吹过树林、掠过田野的风；在物中间和动物那里，一切都充满了你可以分担的事；还有儿童，他们同你在儿时所经历过的一样，又悲哀，又幸福，——如果你想起你的童年，你就又在那些寂寞的儿童中间了。成人们是无所谓的，他们的尊严没有价值。

若是你因为对于童年时到处可以出现的神已经不能信仰，想到童年，想到与它相连的那种单纯和寂静，而感到苦恼不安，那么，亲爱的卡卜斯先生，你问一问自己，你是不是真把神失落了？也许正相反，你从来没有得到他？什么时候应该有过神呢？你相信吗，关于神，一个儿童能够把住他，成人们只能费力去负担他，而他的重量足以把老人压倒？

你相信吗，谁当真有他，又能把他像一块小石片似的失落？或者你也不以为吗，谁有过他，还只能被他丢掉？——但如果你认识到，他在你的童年不曾有过，从前也没有生存过；如果你觉得基督是被他的渴望所欺，穆罕默德是被他的骄傲所骗；如果你惊愕地感到，就是现在，就是我们谈他的这个时刻，他也没有存在；——那么，什么给你以权利，觉得缺少这从来不曾有过的神像是丧失一个亡人，并且寻找他像是找一件遗失的物品呢？

你为什么不这样想，想他是将要来到的，他要从永恒里降生，是一棵树上最后的果实，我们不过是这树上的树叶？是谁阻拦你，不让你把他的诞生放在将来转变的时代，不让你度过你的一生像是度过这伟大的孕期内又痛苦又美丽的一日？你没有看见吗，一切发生的事怎样总是重新开始？那就不能是神的开始吗？啊，开端的本身永远是这般美丽！如果他是最完全的，那么较为微小的事物在他以前就不应该存在吗，以便他从丰满与过剩中能够有所选择？——他不应该是个最后者吗，将一切握诸怀抱？若是我们所希求的他早已过去了，那我们还有什么意义呢？

像是蜜蜂酿蜜那样，我们从万物中采撷最甜美的资料来建造我们的神。我们甚至以渺小，没有光彩的事物开始（只要是由于爱），我们以工作，继之以休息，以一种沉默，或是以一种微小的寂寞的欢悦，以我们没有朋友、没有同伴单独所做的一切来建造他。他，我们并不能看到，正如我们祖先不能看见我们一样。可是那些久已逝去的人们，依然存在于我们的生命里，作为我们的禀赋，作为我们命运的负担，作为循环着的血液，作为从时间的深处升发出来的姿态。

现在你所希望不到的事，将来不会有一天在最遥远、最终极的神的那里实现吗？

亲爱的卡卜斯先生，在这虔诚的情感中庆祝你的圣诞节吧，也许神正要用你这生命的恐惧来开始；你过的这几天也许正是一切在你生命里为他工作的时期，正如你在儿时已经有一次很辛苦地为他工作过一样。好好地忍耐，不要沮丧，你想，如果春天要来，大地就使它一点点地完成，我们所能做的最少量的工作，不会使神的生成比起大地之于春天更为艰难。

祝你快乐，勇敢！

你的：

莱内·马利亚·里尔克

第七封信

寂寞地生存是好的

因为寂寞是艰难的

只要是艰难的事

就使我们更有理由为它工作

罗马

一九〇四年五月十四日

我的亲爱的卡卜斯先生：

自从我接到你上次的来信，已经过了许久。请你不要见怪；先是工作，随后是事务的干扰，最后是小病，总阻挡着我给你写回信，因为我给你写信是要在良好平静的时刻。现在我觉得好些了（初春的恶劣多变的过渡时期在这里也使人觉得很不舒适），亲爱的卡卜斯先生，我问候你，并且（这是我衷心愿做的事）就我所知道的来回答你。

你看，我把你的十四行诗抄下来了，因为我觉得它美丽简练，是在很适当的形式里产生的。在我所读到的你的诗中，这是最好的一首。现在我又把它誊抄给你，因为我以为这很有意义，并且充满新鲜的体验，在别人的笔下又看到自己的作品。你读这首诗，像是别人作的，可是你将要在最深处感到它怎样更是你的。

这是我的一种快乐，常常读这首十四行诗和你的来信；为了这两件事我感谢你。

在寂寞中你不要彷徨迷惑，由于你自身内有一些愿望要从这寂寞里脱身。——也正是这个愿望，如果你平静地、卓越地，像一件工具似的去运用它，它就会帮助你把你的寂寞扩展到广远的地方。一般人（用因袭的帮助）把一切都轻易地去解决，而且按着轻易中最轻易的方面；但这是很显然的，自然界中一切都是按照自己的方式生长、防御、表现出来自己，无论如何都要生存，抵抗一切反对的力量。我们知道的很少；但我们必须委身于艰难却是一件永不会丢开我们的信念。寂寞地生存是好的，因为寂寞是艰难的；只要是艰难的事，就使我们更有理由为它工作。

爱，很好；因为爱是艰难的。以人去爱人：这也许是给予我们的最艰难、最重大的事，是最后的实验与考试，是最高的工作，别的工作都不过是为此而做的准备。所以一切正在开始的青年们还不能爱；他们必须学习。他们必须用他们整个的生命、用一切的力量，集聚他们寂寞、痛苦和向上激动的心去学习爱。可是学习的时期永远是一个长久的专心致志的时期，爱就长期地深深地侵入生命——寂寞，增强而深入的孤独生活，是为了爱着的人。爱的要义并不是什么倾心、献身、与第二者结合（那该是怎样的一个结合呢，如果是一种不明了，无所成就、不关重要的结合？），它对于个人是一种崇高的动力，去成熟，在自身内有所完成，去完成一个世界，是为了另一个人完成一个自己的世界，这对于他是一个巨大的、不让步的要求，把他选择出来，向广远召唤。青年们只应在把这当作课业去工作的意义中（“昼夜不停地探索，去锤炼”）去使用那给予他们的爱。至于倾心、献身，以及一切的结合，还不是他们的事（他们还须长时间地节省、聚集），那是最后的终点，也许是人的生活现在还几乎不能达到的境地。

但是青年们在这方面常常错误得这样深（因为在他们本性中没有忍耐），如果爱到了他们身上，他们便把生命任意抛掷，甚至陷入窒闷、颠倒、紊乱的状态：——但随后又该怎样呢？这支离破碎的聚合（他们自己叫作结合，还愿意称为幸福），还能使生活有什么成就吗？能过得去吗？他们的将来呢？这其间每个人都为了别人失掉自己，同时也失掉别人，并且失掉许多还要来到的别人，失掉许多广远与可能性；把那些轻微的充满预感的物体的接近与疏远，改换成一个日暮穷途的景况，什么也不能产生；无非是一些厌恶、失望与贫乏，不得已时便在因袭中寻求补救，有大宗因袭的条例早已准备好了，像是避祸亭一般在这危险的路旁。在各种人类的生活中没有比爱被因袭的习俗附饰得更多的了，是无所不用其极地发明许多救生圈、游泳袋、救护船；社会上的理解用各种样式设下避难所，因为它倾向于把爱的生活也看作是一种娱乐，所以必须轻率地把它形成一种简易、平稳、毫无险阻的生活，跟一切公开的娱乐一样。

诚然也有许多青年错误地去爱，即随随便便地赠予，不能寂寞（一般总是止于这种境地——），他们感到一种失误的压迫，要按照他们自己个人的方式使他们已经陷入的境域变得富有生力和成果；——因为他们的天性告诉他们，爱的众多问题还比不上其他的重要的事物，它们可以公开地按照这样或那样的约定来解决；都不过是人与人之间切身问题，它们需要一个在各种情况下都新鲜而特殊、"只是"个人的回答——但，他们已经互相抛掷在一起，再也不能辨别、区分，再也不据自己的所有，他们怎么能够从他们自身内从这已经埋没的寂寞的深入寻得一条出路呢？

他们的行为都是在通常无可告援的情势下产生的，如果他们以最好的意愿要躲避那落在他们身上的习俗（譬如说结婚），也还是陷入一种不寻常、但仍同样是死气沉沉限于习俗的解决的网中；因为他们周围的一切都是——习俗；从一种很早就聚在一起的、暗淡的结合中的表演出来的只是种种限于习俗的行动；这样的紊乱昏迷之所趋的每个关系，都有它的习俗，即使是那最不常见的（普通的意义叫作不道德的）也在内；是的，甚至于“分离”也几乎是一种习俗的步骤，是一种非个性的偶然的决断，没有力量，没有成果。

谁严肃地看，谁就感到，同对于艰难的“死”一样，对于这艰难的“爱”还没有启蒙，还没有解决，还没有什么指示与道路被认识；并且为了我们蒙蔽着、负担着、传递下去，还没有显现的这两个任务，也没有共同的、协议可靠的规律供我们探讨。但是在我们只作为单独的个人起始练习生活的程度内，这些伟大的事物将同单独的个人们在更接近的亲切中相遇。艰难的爱的工作对于我们发展过程的要求是无限的广大，我们作为信从者对于那些要求还不能胜任。但是，如果我们坚持忍耐，把爱作为重担和学业担在肩上，而不在任何浅易和轻浮的游戏中失掉自己（许多人都是一到他们生存中最严肃的严肃面前，便隐藏在游戏的身后）——那么将来继我们而来的人们或许会感到一点小小的进步与减轻；这就够好了。

可是我们现在正应该对于一个单独的人和另一个单独的人的关系，没有成见、如实地观察；我们试验着在这种关系里生活，面前并没有前例。可是在时代的变更中已经有些事，对于我们小心翼翼的开端能有所帮助了。

少女和妇女，在她们新近自己的发展中，只暂时成为男人恶习与特性的模仿者，男人职业的重演者。经过这样不稳定的过程后，事实会告诉我们，妇女只是从那（常常很可笑的）乔装的成功与变化中走过，以便把她们自己的天性从男性歪曲的影响中洗净。至于真的生命是更直接、更丰富、更亲切地在妇女的身内，根本上她们早应该变成比男人更纯净、更人性的人们；男人没有身体的果实，只生活于生活的表面之下，傲慢而急躁，看轻他们要去爱的事物。如果妇女将来把这“只是女性”的习俗在她们外在状态的转变中脱去，随后那从痛苦与压迫里产生出的妇女的“人性”就要见诸天日了，这是男人们现在还没有感到的，到那时他们将从中受到惊奇和打击。有一天（现在北欧的国家里已经有确切的证明）新的少女来到，并且所谓妇女这个名词，她不只是当作男人的对立体来讲，却含有一些独立的意义，使我们不再想到“补充”与“界限”，只想到生命与生存——女性的人。

这个进步将要把现在谬误的爱的生活转变（违背着落伍的男人们的意志），从根本更改，形成一种人对于人，不是男人对于女人的关系。并且这更人性的爱（它无限地谨慎而精细，良好而明晰地在结合与解脱中完成），它将要同我们辛辛苦苦地预备着的爱相似，它存在于这样的情况里：两个寂寞相爱护，相区分，相敬重。

还有：你不要以为，那在你童年曾经有过一次的伟大的爱已经失却了；你能说吗，那时并没有伟大的良好的愿望在你的生命里成熟，而且现在你还从中吸取养分？我相信那个爱是强有力地永在你的回忆中，因为它是你第一次的深的寂寞，也是你为你生命所做的第一次的内心的工作。——祝你一切安好，亲爱的卡卜斯先生！

你的：

莱内·马利亚·里尔克

十四行诗

我生命里有一缕阴深的苦恼
颤动，它不叹息，也不抱怨。
我梦里边雪一般的花片
是我寂静的长日的祭祷。

但是大问题梗住我的小道。
我变得渺小而凄凉
像是走过一座湖旁，
我不敢量一量湖水的波涛。

一种悲哀侵袭我，这般愁惨
好似暗淡的夏夜的苍茫
时时闪露出一点星光；

于是我的双手向着爱试探，
因为我想祈求那样的声调，
我热烈的口边还不能找到……

（弗兰斯·卡卜斯）

第八封信

我们都是寂寞的

人能够自欺

好像并不寂寞

只不过如此而已

但是，那有多么好呢

瑞典弗拉底，波格比庄园[1]

一九〇四年八月十二日

亲爱的卡卜斯先生，我想再和你谈一谈，虽然我几乎不能说对你有所帮助以及对你有一些用处的话。你有过很多大的悲哀，这些悲哀都已过去了。你说，这悲哀的过去也使你非常苦恼。但是，请你想一想，是不是这些大的悲哀并不曾由你生命的中心走过？当你悲哀的时候，是不是在你生命里并没有许多变化，在你本性的任何地方也无所改变？危险而恶劣的是那些悲哀，我们把它们运送到人群中，以遮盖它们的声音；像是敷敷衍衍治疗的病症，只是暂时退却，过些时又更可怕地发作；它们聚集在体内，成为一种没有生活过、被摈斥、被遗弃的生命，能以使我们死去。如果我们能比我们平素的知识所

1 Borgeby gard，位于瑞典 Fladie。

能达到的地方看得更远一点，稍微越过我们预感的前哨，那么也许我们将会以比担当我们的欢悦更大的信赖去担当我们的悲哀。因为它们（悲哀）都是那些时刻，正当一些新的，陌生的事物侵入我们生命；我们的情感蜷伏于怯懦的局促的状态里，一切都退却，形成一种寂静，于是这无人认识的“新”就立在中间，沉默无语。

我相信几乎我们一切的悲哀都是紧张的瞬间，这时我们感到麻木，因为我们不再听到诧异的情感生存；因为我们要同这生疏的闯入者独自周旋；因为我们平素所信任的与习惯的都暂时离开了我们；因为我们正处在一个不能容我们立足的过程中。可是一旦这不期而至的新事物迈进我们的生命，走进我们的心房，在心的最深处化为乌有，溶解在我们的血液中，悲哀也就因此过去了。我们再也经历不到当时的情形。这很容易使我们相信前此并没有什么发生；其实我们却是改变了，正如一所房子，走进一位新客，它改变了。我们不能说，是谁来了，我们往后也许不知道，可是有许多迹象告诉我们，在“未来”还没有发生之前，它就以这样的方式潜入我们的生命，以便在我们身内变化。所以我们在悲哀的时刻要安于寂寞。多注意，这是很重要的：因为当我们的“未来”潜入我们的生命的瞬间，好像是空虚而枯僵，但与那从外边来的、为我们发生的喧嚣而意外的时刻相比，是同生命接近得多。我们悲哀时越沉静，越忍耐，越坦白，这新的事物也越深、越清晰地走进我们的生命，我们也就更好地保护它，它也就更多地成为我们自己的命运；将来有一天它“发生”了（就是说：它从我们的生命里出来向着别人走进），我们将在最内心的地方感到我们同它亲切而接近。并且这是必要的。是必要的，——我们将渐渐地向那方面发展，——凡是迎面而来的事，是没有生疏的，都早已属于我们了。人们已经变换过这么多运转的定义，将来会渐渐认清，我们所谓的命运是从我们“人”里出来，并不是从外边向着我们“人”走进。只因为有许多人，当命运在他们身内生存时，他们不曾把它吸收，化为己有，所以他们也认不清，有什么从他们身内出现；甚至如此生疏，他们在仓皇恐惧之际，以为命运一定是正在这时走进他们的生命，因为他们确信自己从来没有见过这样类似的事物。正如对于太阳的运转曾经有过长期的蒙惑那样，现在人们对于未来的运转，也还在同样地自欺自蔽。其实“未来”站得很稳，亲爱的卡卜斯先生，但是我们动转在这无穷无尽的空间。

我们怎么能不感觉困难呢？

如果我们再谈到寂寞，那就会更明显，它根本不是我们所能选择或弃舍的事物。我们都是寂寞的。人能够自欺，好像并不寂寞，只不过如此而已。但是，那有多么好呢，如果我们一旦看出，我们都正在脱开这欺骗的局面。在其间我们自然要发生眩昏；因为平素我们的眼睛看惯了的一切这时都忽然失去，再也没有亲近的事物，一切的远方都是无穷地旷远。谁从他的屋内没有准备、没有过程，忽然被移置在一脉高山的顶上，他必会有类似的感觉；一种无与伦比的不安被交付给无名的事物，几乎要把他毁灭。他或许想象会跌落，或者相信会被抛掷在天空，或者粉身碎骨；他的头脑必须发现多么大的谎话，去补救、去说明他官感失迷的状态。一切的距离与尺度对于那寂寞的人就有了变化；从这些变化中忽然会有许多变化发生。跟在山顶上的那个人一样，生出许多非常的想象与稀奇的感觉，它们好像超越了一切能够担当的事物。但那是必要的，我们也体验这种情况。我们必须尽量广阔地承受我们的生存；一切，甚至闻所未闻的事物，都可能在里边存在。根本那是我们被要求的唯一的勇气；勇敢地面向我们所能遇到的最稀奇、最吃惊、最不可解的事物。就因为许多人在这意义中是怯懦的，所以使生活受了无限的损伤；人们称作“奇象”的那些体验、所谓“幽灵世界”、死，以及一切同我们相关联的事物，它们都被我们日常的防御挤出生活之外，甚至我们能够接受它们的感官都枯萎了。关于“神”，简直就不能谈论了。但是对于不可解的事物的恐惧，不仅使个人的生存更为贫乏，并且人与人的关系也因之受到限制，正如从有无限可能性的河床里捞出来，放在一块荒芜不毛的岸上。因为这不仅是一种惰性，使人间的关系极为单调而陈腐地把旧事一再重演，而且是对于任何一种不能预测、不堪胜任的新的生活的畏缩。但是如果有人对于一切有了准备，无论什么，甚至最大的哑谜，也不置之度外，那么他就会把同别人的关系，当作生动着的事物去体验，甚至充分理解自己的存在。正如我们把各个人的存在看成一块较大或较小的空间，那么大部分人却只认识了他们空间的一角、一块窗前的空地，或是他们走来走去的一条窄道。这样他们就有一定的安定。可是那危险的不安定是更人性的，它能促使亚仑·坡[1]的故事里的囚犯摸索他们可怕的牢狱的形状，而熟悉他们住处内不可言喻的恐怖。但我们不是囚犯，没有人在我们周围布置了陷阱，没有什么来恐吓我们，苦恼我们。我们在生活中像是在最适合于我们的原素

1 埃德加·亚仑·坡（Edgar Allan Poe，1809—1849），美国小说家、诗人，今译爱伦·坡。这里指其作品《深坑和钟摆》（*The Pit and the Pendulum*）。

里，况且我们经过几千年之久的适应和生活是这样地相似了，如果我们静止不动，凭借一种成功的模拟，便很难同我们周围的一切有所区分。我们没有理由不信任我们的世界，因为它并不敌对我们。如果它有恐惧，就是我们的恐惧；它有难测的深渊，这深渊是属于我们的；有危险，我们就必须试行去爱这些危险。若是我们把我们的生活，按照那叫我们必须永远把握艰难的原则来处理，那么现在最生疏的事物就会变成最亲切、最忠实的了。我们怎么能忘却那各民族原始时都有过的神话呢，恶龙在最紧急的瞬间变成公主的那段神话；也许我们生活中一切的恶龙都是公主们，她们只是等候着，美丽而勇敢地看一看我们。也许一切恐怖的事物在最深处是无助的，向我们要求救助。

亲爱的卡卜斯先生，如果有一种悲哀在你面前出现，它是从未见过的那样广大，如果有一种不安，像光与云影似的掠过你的行为与一切工作，你不要恐惧。你必须想，那是有些事在你身边发生了；那是生活没有忘记你，它把你握在手中，它永不会让你失落。为什么你要把一种不安、一种痛苦、一种忧郁置于你的生活之外呢，可是你还不知道，这些情况在为你做什么工作？为什么你要这样追问，这一切是从哪里来，要向哪里去呢？可是你要知道，你是在过渡中，要愿望自己有所变化。如果你的过程里有一些是病态的，你要想一想，病就是一种方法，有机体用以从生疏的事物中解放出来；所以我们只需让它生病，使它有整个的病发作，因为这才是进步。亲爱的卡卜斯先生，现在你自身内有这么多的事发生，你要像一个病人似的忍耐，又像一个康复者似的自信；你也许同时是这两个人。并且你还须是看护自己的医生。但是在病中常常有许多天，医生除了等候以外，什么事也不能做。这就是（当你是你的医生的时候）现在首先必须做的事。

对于自己不要过甚地观察。不要从对你发生的事物中求得很快的结论，让它们单纯地自生自长吧。不然你就很容易用种种（所谓道德的）谴责回顾你的过去，这些过去自然和你现在遇到的一切很有关系。凡是从你童年的迷途、愿望、渴望中在你身内继续影响着的事，它们并不让你回忆，供你评判。一个寂寞而孤单的童年非常的情况是这样艰难，这样复杂，受到这么多外来的影响，同时又这样脱开了一切现实生活的关联，纵使在童年有罪恶，我们也不该简捷了当地称作罪恶。对于许多名称，必须多多注意；常常只是犯罪的名称使生命为之破碎，而不是那无名的、个人的行为本身，至于这个行为也许是生活中规定的必要，能被生活轻易接受的。因为你把胜利估量得过高，所以你觉得力的消耗如此巨大；胜利并不是你认为已经完成的“伟大”，纵使你觉得正确：“伟大”是你能以把一些真的、实在的事物代替欺骗。不然你的胜利也不过是一种道德上的反应，没有广大的意义，但是它却成为你生活的一个段落。亲爱的卡卜斯先生，关于我的生活，我有很多的愿望。你还记得吗，这个生活是怎样从童年里出来，向着“伟大”渴望？我看着，它现在又从这些伟大前进，渴望更伟大的事物。所以艰难的生活永无止境，但因此生长也无止境。

如果我还应该向你说一件事，那么就是：你不要相信，那试行劝慰你的人是无忧无虑地生活在那些有时对你有益的简单而平静的几句话里。他的生活有许多的辛苦与悲哀，他远远地专诚帮助你。不然，他就绝不能找到那几句话。

你的：

莱内·马利亚·里尔克

第九封信

让生活自然进展

请你相信

无论如何

生活是合理的

瑞典央思雷德，弗卢堡[1]

一九〇四年十一月四日

我亲爱的卡卜斯先生：

在这没有通信的时期内，我一半是在旅途上，一半是事务匆忙，使我不能写信。今天我写信也是困难的，因为我已经写了许多封，手都疲倦了。若是我能以口述给旁人写，我还能向你说许多，可是现在你只好接受这寥寥几行来报答你的长信。

亲爱的卡卜斯先生，我常常思念你，并且以这样专诚的愿望思念你，总要对你有所帮助。但是我的信到底能不能帮助你，我却常常怀疑。你不要说：它们能够帮助你。你只安心接受这些信吧，不必说

1 Fruborg，Jonsered 的一个地方。

感谢的话，让我们等着，看将要有什么事情来到。

现在我对于你信里个别的字加以探讨，大半是没有用的；因为我关于你疑惑的倾向，关于你内外生活和谐的不可能，关于另外苦恼着你的一切——我所能说的，还依然是我已经说过的话：还是愿你自己有充分的忍耐去担当，有充分单纯的心去信仰；你将会越来越信任艰难的事物和你在众人中间感到的寂寞。以外就是让生活自然进展。请你相信：无论如何，生活是合理的。

谈到情感：凡是使你集中向上的情感都是纯洁的，但那只捉住你本性的一方面，对你有所伤害的情感是不纯洁的。凡是在你童年能想到的事都是好的。凡能够使你比你从前最美好的时刻还更丰富的，都是对的。各种提高都是好的，如果它是在你"全"血液中，如果它不是迷醉，不是忧郁，而是透明到底的欢悦。你了解我的意思吗？

就是你的怀疑也可以成为一种好特性，若是你好好“培养”它。它必须成为明智的，它必须成为批判。——当它要伤害你一些事物时，你要问它，这些事物“为什么”丑恶，向它要求证据，考问它，你也许见它仓皇失措，也许见它表示异议。但你不要让步，你同它辩论，每一回都要多多注意，立定脚步，终于有一天它会从一个破坏者变成你的一个最好的工作者，——或许在一切从事于建设你的生活的工作者中它是最聪明的一个。

亲爱的卡卜斯先生，这是我今天所能向你说的一切。我附寄给你我一篇短的作品[1]的抽印本，这是在布拉格出版的《德意志工作》中发表的。在那里我继续着同你谈生和死，以及它们的伟大与美丽。

你的：

莱内·马利亚·里尔克

1　指散文诗《旗手克里斯多夫·里尔克的爱与死之歌》(*Die Weise von Liebe und Tod des Cornets Christoph Rilke*)。

第十封信

这种寂静必须是广大无边

好容许这样的风声风势

得以驰骋

巴黎

一九〇八年圣诞节第二日

亲爱的卡卜斯先生，你该知道，我得你这封美好的信，我是多么欢喜。你给我的消息是真实、诚挚，又像你从前那样，我觉得很好，我越想越感到那实在是好的消息。我本来想在圣诞节的晚间给你写信，但是这一冬我多方从事没有间断的工作，这古老的节日是这样快地走来了，使我没有时间去做我必须处理的事，更少写信。

但是在节日里我常常思念你，我设想你是怎样寂静地在你寂寞的军垒中生活，两旁是空旷的高山，大风从南方袭来，好像要把这些山整块地吞了下去。

这种寂静必须是广大无边，好容许这样的风声风势得以驰骋，如果我想到，更加上那辽远的海也在你面前同时共奏，像是太古的谐音中最深处的旋律，那么我就希望你能忠实地、忍耐地让这大规模的寂寞在你身上工作，它不再能从你的生命中消灭；在一切你要去生活要去从事的事物中，它永远赓续着像是一种无名的势力，并且将确切地影响你，有如祖先的血在我们身内不断地流动，和我们自己的血混为唯一的、绝无仅有的一体，在我们生命的无论哪一个转折。

是的：我很欢喜，你据有这个固定的、可以言传的生存，有职称，有制服，有任务，有一切把得定、范围得住的事物，它们在这同样孤立而人数不多的军队环境中，接受严肃与必要的工作，它们超越军队职业的游戏与消遣，意味着一种警醒的运用，它们不仅容许，而且正好培养自主的注意力。我们要在那些为我们工作、时时置我们于伟大而自然的事物面前的情况中生活，这是必要的一切。

艺术也是一种生活方式，无论我们怎样生活，都能不知不觉地为它准备；每个真实的生活都比那些虚假的、以艺术为号召的职业跟艺术更为接近，它们炫耀一种近似的艺术，实际上却否定了、损伤了艺术的存在，如整个的报章文字、几乎一切的批评界、四分之三号称文学和要号称文学的作品，都是这样。我很高兴，简捷地说，是因为你经受了易于陷入的危险，寂寞而勇敢地生活在任何一处无情的现实中。即将来到的一年会使你在这样的生活里更为坚定。

永远

你的：

莱内·马利亚·里尔克

附 录 一

里尔克作品

论“山水”

关于古希腊的绘画，我们知道得很少；但这并不会是过于大胆的揣度，它看人正如后来的画家所看的山水一样。在一种伟大的绘画艺术不朽的纪念品陶器画上，周围的景物只不过注出名称（房屋或街道），几乎是缩写，只用字母表明；但裸体的人却是一切，他们像是担有满枝果实的树木，像是盛开的花丛，像是群鸟鸣啭的春天。那时人对待身体，像是耕种一块田地，为它劳作像是为了收获，有它正如据有一片良好的地基，它是直观的、美的，是一幅画图，其中一切的意义，神与兽、生命的感官都按着韵律的顺序运行着。那时，人虽已赓续了千万年，但自己还觉得太新鲜，过于自美，不能超越自身而置自身于不顾。山水不过是：他们走过的那条路，他们跑过的那条道，希腊人的岁月曾在那里消磨过的所有的剧场和舞场；军旅聚集的山谷，冒险离去、年老充满惊奇的回忆而归来的海港；佳节继之以灯烛辉煌、管弦齐奏的良宵，朝神的队伍和神坛畔的游行——这都是“山水”，人在里边生活。但是，那座山若没有人体形的群神居住，那座山岬，若没有矗立起远远入望的石像，以及那山坡牧童从来没有到过。这都是生疏的，——它们不值得一谈。一切都是舞台，在人没有登台用他身体上快乐或悲哀的动作充实这场面的时候，它是空虚的。一切在等待人，人来到什么地方，一切就都退后，把空地让给他。

基督教的艺术失去了这种同身体的关系，并没有因而真实地接近山水；人和物在基督教的艺术中像是字母一般，它们组成有一个句首花体字母的漫长而描绘工妍的文句。人是衣裳，只在地狱里有身体：“山水”也不应该属于尘世。几乎总是这样，它在什么地方可爱，就必须意味着天堂；它什么地方使人恐怖，荒凉冷酷，就算作永远被遗弃的人们放逐的地方。人已经看见它；因为人变得狭窄而透明了，但是以他们的方式仍然这样感受“山水”，把它当作一段短短的暂驻，当作一带蒙着绿草的坟墓，下边连系着地狱，上边展开宏伟的天堂作为万物所愿望的、深邃的、本来的真实。现在因为忽然有了三个地方、三个住所要经常谈到：天堂、尘世、地狱，——于是地狱的判定就成为迫切必要的了，并且人们必须观看它们，描绘它们：在意大利的早期的画师中间产生了这种描画，超越他们本来的目的，达到完美的境界；我们只想一想皮萨城圣陵[1]中的壁画，就会感觉到那时对于“山水”的理解已经含有一些独立性了。诚然，人还是想指明一个地方，没有更多的用意，但他用这样的诚意与忠心去做，用这样引人入胜的谈锋，甚至像爱者似的叙说那些与尘世、与这本来被人所怀疑而拒绝的尘世相关联的万物——我们现在看来，那种绘画宛如一首对于万物的赞美诗，圣者们也都齐声和唱。并且人所看的万物都很新鲜，甚至在观看之际，就联系着一种不断的惊奇和收获丰富的欢悦。那是自然而然的，人用地赞美天，当他全心渴望要认识天的时候，他就熟识了地。因为最深的虔心像是一种雨：它从地上升发，又总

1　皮萨城圣陵（Campo Santo），位于意大利皮萨（今译“比萨”），始建于 1278 年。

是落在地上，而是田地的福祉。

人这样无意地感到了温暖、幸福和那从牧野、溪涧、花坡以及从果实满枝、并排着的树木中放射出来的光彩，他如果画那些圣母像，他就用这些宝物像是给她们披上一件氅衣，像是给她们戴上一项冠冕，把“山水”像旗帜似的展开来赞美她们；因为他对于她们还不会备办更为陶醉的庆祝，还不认识能与此相比的忠心：把一切刚刚得到的美都贡献给她们，并且使之与她们溶化。这时再也不想是什么地方，也不想天堂，起始歌咏山水有如圣母的赞诗，它在明亮而清晰的色彩里鸣响。

但同时有一个大的发展：人画山水时，并不意味着是“山水”，却是他自己；山水成为人的情感的寄托、人的欢悦、素朴与虔诚的比喻。它成为艺术了。雷渥那德[1]就这样接受它。他画中的山水都是他最深的体验和智慧的表现，是神秘的自然律含思自鉴的蓝色明镜，是有如“未来”那样伟大而不可思

1 雷渥那德·达·芬奇（Leonardo da Vinci，1452—1519），意大利文艺复兴时期的画家、雕刻家兼建筑家。今译莱昂纳多·达·芬奇。

议的远方。雷渥那德最初画人物就像是画他的体验、画他寂寞地参透了的命运、深幽与悲哀，深幽与悲哀,也是一种表现方法。无限广泛地去运用一切艺术，这种特权就赋予这位许多后来者的先驱了；像是用多种的语言，他在各样的艺术中述说他的生命和他生命的进步与辽远。

还没有人画过一幅“山水”像是《蒙娜丽萨》深远的背景那样完全是山水，而又如此是个人的声音与自白。仿佛一切的人性都蕴蓄在她永远宁静的像中，可是其他一切呈现在人的面前或是超越人的范围以外的事物，都融合在山、树、桥、天、水的神秘的联系里。这样的“山水”不是一种印象的画，不是一个人对于那些静物的看法，它是完成中的自然，变化中的世界，对于人是这样生疏，有如没有足迹的树林在一座未发现的岛上。并且把山水看作是一种远方的和生疏的，一种隔离的和无情的，看它完全在自身内演化，这是必要的，如果它应该是任何一种独立艺术的材料与动因；因为若要使它对于我们的命运能成为一种迎刃而解的比喻，它必须是疏远的，跟我们完全是另一回事。在它崇高的漠然中它必须几乎有敌对的意味，才能用山水中的事物给我们的生存以一种新的解释。

雷渥那德·达·芬奇早已预感着从事山水艺术的制作，就在这种意义里进行着。它慢慢地从寂寞者的手中制作出来，经过几个世纪。那不得不走的路很长远，因为这并不容易，远远地疏离这个世界，以便不再用本地人偏执的眼光去看它，本地人总爱把他所看到的一切运用在他自己或是他的需要上边。我们知道，人对于周围的事物看得是多么不清楚，常常必得从远方来一个人告诉我们周围的真面目。所以人也必须把万物从自己的身边推开，以使后来善于取用较为正确而平静的方式，以稀少的亲切和敬畏的隔离来同它们接近。

因为人对于自然，在不理解的时候，才开始理解它；当人觉得，它是另外的、漠不相关的、也无意容纳我们的时候，人才从自然中走出，寂寞地，从一个寂寞的世界。

若要成为“山水艺术家”，就必须这样；人不应再物质地去感觉它为我们而含有的意义，而是要对象地看它是一个伟大的现存的真实。

在那我们把人画得伟大的时代，我们曾经这样感受他；但是人却变得飘摇不定，他的像也在变化中不可捉摸了。自然是较为恒久而伟大，其中的一切运动更为宽广，一切静息也更为单纯而寂寞。那是人心中的一个渴望，用它崇高的材料来说自己，像是说一些同样的实体，于是毫无事迹发生的山水画就成立了。人们画出空旷的海、雨日的白屋、无人行走的道路、非常寂寞的流水。激情越来越消失。人们越懂得这种语言，就以更简洁的方法来运用它。人沉潜在万物的伟大的静息中，他感到，它们的存在是怎样在规律中消隐，没有期待，没有急躁。并且在它们中间有动物静默地行走，同它们一样担负着日夜的轮替，都合乎规律。后来有人走入这个环境，作为牧童、作为农夫，或单纯作为一个形体从画的深处显现：那时一切矜夸都离开了他，而我们观看他，他要成为“物”。

在这“山水艺术”生长为一种缓慢的“世界的山水化”的过程中，有一个辽远的人的发展。这不知不觉从观看与工作中发生的绘画内容告诉我们，在我们时代的中间一个“未来”已经开始了：人不再是在他的同类中保持平衡的伙伴，也不再是那样的人，为了他而有晨昏和远近。他有如一个物置身于万物之中，无限地单独，一切物与人的结合都退至共同的深处，那里浸润着一切生长者的根。

马尔特·劳利兹·布里格随笔（摘译）

我认为，现在因为我学习观看，我必须起始做一些工作。我二十八岁了，等于什么也没有做过。我们数一数：我写过一篇卡尔巴西奥[1]研究，可是很坏；一部叫作《夫妇》的戏剧，用模棱两可的方法证明一些虚伪的事；还写过诗。啊，说到诗：是不会有什么成绩的，如果写得太早了。我们应该一生之久，尽可能那样久地去等待，采集真意与精华，最后或许能写出十行好诗。因为诗并不像一般人所说的是情感（情感人们早就很够了）——诗是经验。为了一首诗我们必须观看许多城市，观看人和物，我们必须认识动物，我们必须去感觉鸟怎样飞翔，知道小小的花朵在早晨开放时的姿态。我们必

1　卡尔巴西奥（Vittore Carpaccio，1455—1526），意大利画家。

须能够回想：异乡的路途，不期的相遇，逐渐临近的别离；——回想那还不清楚的童年的岁月；想到父母，如果他们给我们一种欢乐，我们并不理解他们，不得不使他们苦恼（那是一种对于另外一个人的快乐）；想到儿童的疾病，病状离奇地发作，这么多深沉的变化；想到寂静、沉闷的小屋内的白昼和海滨的早晨，想到海的一般，想到许多的海，想到旅途之夜，在这些夜里万籁齐鸣，群星飞舞，——可是这还不够，如果这一切都能想得到。我们必须回忆许多爱情的夜，一夜与一夜不同，要记住分娩者痛苦的呼喊和轻轻睡眠着、翕止了的白衣产妇。但是我们还要陪伴过临死的人，坐在死者的身边，在窗子开着的小屋里有些突如其来的声息。我们有回忆，也还不够。如果回忆很多，我们必须能够忘记，我们要有大的忍耐力等着它们再来，因为只是回忆还不算数。等到它们成为我们身内的血、我们的目光和姿态，无名地和我们自己再也不能区分，那才能以实现，在一个很稀有的时刻有一行诗的第一个字在它们的中心形成，脱颖而出。

但是我的诗都不是这样写成的，所以它们都不是诗。——而且我写我的戏剧时，我是多么错误。我是一个模拟者和愚人吗？为了述说彼此制造不幸的两个人的命运，我就需要一个第三者。我是多么容易陷入这样的阱中。我早就应当知道，这个走遍一切生活和文艺的第三者，这个从来不曾存在过的第三者的幽灵，毫无意义，我们必须拒绝他。他属于这种天性的托词，这天性总在设法不让人们注意它最深处的秘密。他是一扇屏风，屏风后串演着一出戏剧。他是一片喧嚣，在那走入一种真实冲突的无声寂静的门口。人们愿意这样想，只去说剧中主要的两个人，对于大家一向是太难了；这个第三者，正因为他不真实，所以是问题中容易的部分，人人能应付他。在他们戏剧的开端我们就觉察到对于第三者的焦急情绪，他们几乎不能多等一等。他一来到，一切就好了。他若是迟到，那有多么无聊呢，没有他简直什么事也不能发生，一切都停滞着，等待着。那可怎么办呢，如果只停留在这种偃止和延宕的情况下？那可怎么办呢，戏剧家先生，还有你认识生活的观众，那可怎么办呢，如果他不见了，这个讨人喜欢的生活享受者，或是这傲慢的年轻人，他适应在一切夫妇的锁中有如一把假配的钥匙？怎么办呢，假如魔鬼把他带走了？我们这样假设。我们忽然觉察到剧院里许多人为的空虚，它们像是危险的窟窿被堵塞起来，只有虫蛾从包厢的栏边穿过不稳定的空隙。戏剧家们再也不享受他们的别墅区。一切公家的侦探都为他们在僻远的世界去寻找那个不能缺少的人，他是戏剧内容的本身。

可是生活在人间的，不是这些“第三者”，而是两个人，关于这两个人本来有意想不到地那么多的事可以述说，但是一点还不曾说过，虽然他们在苦恼，在动作，而不能自救。

这是可笑的。我在这儿坐在我的小屋里，我，布里格，已经是二十八岁了，没有人知道我这个人。我坐在这里，我是虚无。然而这个虚无开始想了，在五层楼上，一个灰色的巴黎的下午，它得出这样的思想：

这是可能的吗，它想，人们还不曾看见过、认识过、说出过真实的与重要的事物？这是可能的吗，人们已经有了几千年的时间去观看、沉思、记载，而他们让这几千年过去了像是学校里休息的时间，在这时间内吃了一块黄油面包和一个苹果？

是的，这是可能的。

这是可能的吗，人们虽然有许多发明和进步，虽然有文化、宗教和智慧，但还是停滞在生活的表面上？这是可能的吗，人们甚至把这无论如何还算是有些意义的表面也给蒙上一层意想不到的讨厌的布料，使它竟像是夏日假期中沙龙里的家具？

是的，这是可能的。

这是可能的吗，全部世界历史都被误解了？这是可能的吗，过去是虚假的，因为人们总谈论它的大众，正好像述说许多人的一种合流，而不去说他们所围绕着的个人，因为他是生疏的并且死了？

是的，这是可能的。

这是可能的吗，人们相信，必须补上在他降生前已经发生过的事？这是可能的吗，必须使每个个人想起：他是从一切的前人那里生成的，所以他知道这些，不应该让另有所知的人们说服？

是的，这是可能的。

这是可能的吗，所有这些人对于不曾有过的过去认识很清楚？这是可能的吗，一切的真实对他们等于乌有；他们的生活滑过去，毫无关联，有如一座钟在一间空房里——？

是的，这是可能的。

这是可能的吗，大家关于少女一无所知，可是她们生活着？这是可能的吗，人们说“妇女”“儿童”“男孩”，而不感到（就是受了教育也不感到），这些字早已没有多数，却只是无数的单数？

是的，这是可能的。

这是可能的吗，有些人他们说到“神”，以为那是一些共同的东西？——你看一看两个小学生吧：一个小学生给自己买一把小刀，他的同伴在那天买了同样的一把。一星期后，他们互相拿出这两把刀来看，这两把刀就显得很不相似了，——在不同的手中它们这样不同地发展了（是的，一个小学生的母亲就说：你们总是立刻把一切都用坏。——）啊，那么：这是可能的吗。相信大家能够有一个神，并不使用他？

是的，这是可能的。

如果这一切都是可能的，纵使只有一种可能的假象，——那么，为了世界中的一切，真该当有一些事情发生了。任何有这些使人感到不安的思想的人必须起始做一些被耽误了的事，纵使只是任何一个完全不适宜的人：这里正好没有旁人。这个年轻的、不关重要的外国人，布里格，将置身于五层楼上，日日夜夜地写：是的，他必须写，这将是一个归宿。

*

我坐着读一个诗人。在（巴黎国家图书馆）大厅里有许多人，可是都感觉不到。他们沉在书里。他们有时在翻书页时动一动，像是睡眠的人在两场梦之间翻一翻身。啊，这有多么好啊，待在读书的人们中间。为什么他们不永远是这样呢？你可以向一个人走去，轻轻地触动他：他毫无感觉。如果你站起来时碰了一下你的邻人，请他原谅，他就向他听见你的声音的那方面点点头，把脸向你一转，却没有看见你，而他的头发好像是睡眠者的头发。这多么舒适。我就坐在这里，我有一个诗人。是怎样的一个命运。现在大厅里大约有三百人在读书；但这是不可能的，他们每个人都有一个诗人（上帝晓得他们读的是什么）。不会有三百个诗人。但是看呀，怎样的一个命运，我，也许是这些读者中最可怜的一个，一个外国人：我有一个诗人。虽然我贫穷，虽然我天天穿着的衣服已开始露出几处破绽，虽然我的鞋有几处能使人指责。可是我的领子是洁净的，我的衬衫也洁净，我能够像我这样走过任何一个糖果店，尽可能是在繁华的街道上，还能够用我的手大胆地伸向一个点心碟，去拿一些点心。人们对此也许不会觉得突然，不会骂我，把我赶出去，因为无论如何那是一只上层社会的手，一只天天要洗四五遍的手。是的，指甲里没有泥垢，握笔的手指上没有墨痕，尤其是手腕也无可疵议。穷人们只洗到手腕为止，这是众所周知的事实。人们能够从它的清洁推断出一定的结论。人们也是这样推断的。商店里就是如此。可是有那么几个生存者，例如在圣米色大街（Boulevard Saint-Michel）和拉辛路（Rue Racine），他们不受迷惑，看不起这手腕问题。他们望着我，知道底细。他们知道，我本来是他们中的一个，我不过是串演一些喜剧。这正是化装禁食节。他们不愿戳穿我这个把戏；他们只龇一龇牙、眨一眨眼，也没有人看见。此外他们看待我像是一个老爷。只要有人在附近，他们甚至做出卑躬屈膝的样子。好像我穿着一件皮衣，我的车跟在我的后边。有时我给他们两个小钱，我战栗着怕他们拒绝接受；但是他们接受了。并且一切都会平安无事，如果他们不再龇一龇牙、眨一眨眼了。这些人都是谁呢？他们要向我要什么呢？他们在等候我吗？他们怎么认识我？那是真的，我的胡子显得有些长了，这完全有一些使人想到他们那生病的、衰老而黯淡的、永远给我留下印象的胡须。但是我就没有权利，对于胡子有点忽略吗？许多忙人都不常刮脸，却也没有人想起，因此就把他们列入被遗弃者的队伍。我明白了，他们是被遗弃者，不只是乞丐；不对，他们本来就不是乞丐，人们必须分清楚。他们是些渣滓，命运吐出来的人的皮壳。他们被命运的唾液濡湿，沾在墙边、路灯下、广告柱旁，或是身后拖着一个阴暗而污秽的痕迹慢慢地从小胡同里溜下来。茫茫宇宙，这个老太婆向我要什么呢？她从某一个窟窿里爬出，手里捧着一个床头几的抽屉，里边乱滚着一些纽扣和针。为什么她总挨着我走，注意我呢？仿佛她要用她流泪的眼来认识我，那双眼好像是一个病人把黄痰唾在这血红的眼皮上。还有那时候那苍白瘦小的女人是怎么回事呢，在一面橱窗前站在我的身旁有一刻钟之久，同时她给我看一支长的旧铅笔，那笔是非常缓慢地从她紧紧握在一起的枯瘦的双手里推动出来的。我做出观看橱窗里陈列的商品、毫无觉察的样子。但是她知道我看见了她，她知道我站着并且思索，她到底干什么。因为我了解，这不是关于铅笔的事：我觉得，这是一个记号，一个对于内行人的记号，一个被遗弃者们所晓得的记号；我预感到，她向我示意，我必须到某个地方去，或者做些什么。最奇怪的是，我总不能摆脱这种感觉：实际上会成为某一种约会，这个记号就是为了这个约会；这一幕根本会成为轮到我身上的一些事。

这是在两星期以前。如今几乎没有一天没有这样的遇合。不只在黄昏时候，就是在中午人烟稠密的街上，也会忽然有一个矮小的男人或是老妇，点点头，给我看一些东西，随后又走开了，好像一切重要的事都做完了。这是可能的，他们有一天会想起，走到我的小屋里来，他们一定知道我住在哪里，并且他们早已安排好，门房不会阻止他们。但是在这里，我的亲爱的人们，你们是闯不进来的。人们必须有一个特殊的阅览证，才能进这个大厅。这张阅览证我已先你们而有了。人们能想象到，我走过大街有些胆怯，但终于站在一个玻璃门前，推开它，好像在家里一样，在第二道门拿出阅览证给人看（完全像你们给我看东西似的，只是有这个区别，人们了解而且懂得我的心意——），于是我置身于这些书中间，脱离了你们，像是死了，我坐着读一个诗人的作品。

你们不知道，这是什么；一个诗人？——魏尔伦[1]……没有啦？想不起来啦？想不起。在你们晓得的诗人中间你们没有把他区分出来？我知道，你们不懂得区分。但是，我读的是另一个诗人[2]，他不住在巴黎，完全是另一个人。一个诗人，他在山里有一所寂静的房子。他发出的声音像是净洁的晴空里的一口钟。一个幸福的诗人，他述说他的窗子和他书橱上的玻璃门，它们沉思地照映着可爱的、寂寞的旷远。正是这个诗人，应该是我所要向往的；因为他关于少女知道得这么多，我也知道这样多才好。他知道生活在百年前的少女；她们都死去了，这不

1　魏尔伦（Paul Verlaine，1844—1896），法国象征派诗人。
2　此处指耶麦（Francis Jammes，1868—1938），法国诗人、小说家。

关紧要，因为他知道一切。这是首要的事。他说出她们的名字，那些饰着旧式花纹用瘦长的字母写出的轻盈秀丽的名字，还有她们年长的女友们成年的名字，这里已经有一些儿命运在共鸣，一些儿失望和死亡。也许在他的桃花心木书桌的一个格子里存有她们褪色的信笺和日记的散页，里边记载着诞辰、夏游、诞辰。或者可能在他寝室后方腹形的抽屉桌有一个抽屉，其中保存着她们早春的衣裳；复活节初次穿过的白色的衣裳；用印染着斑点的轻纱制成、本来是属于那焦急等待着的夏日的衣裳。啊，是怎样一个幸福的命运，在一所祖传房子的寂寞的小屋里，置身于固定安静的物件中间，外边听见嫩绿的园中有最早的山雀的试唱，远方有村钟鸣响。坐在那里，注视一道温暖的午后的阳光，知道往日少女的许多往事，做一个诗人。我想，我也会成为这样一个诗人，若是我能在某一个地方住下，在世界上某一个地方，在许多无人过问的、关闭的别墅中的一所。我也许只用一间屋（在房顶下明亮的那间）。我在那里生活，带着我的旧物、家人的肖像和书籍。我还有一把靠椅、花、狗，以及一根走石路用的坚实的手杖。此外不要别的。一册浅黄象牙色皮装、镶有花形图案的书是不可少的：我该在那书里写。我会写出许多，因为我有许多思想和许多回忆。

但是并没有这样，上帝知道是什么缘故。我的旧家具放在仓库里都腐烂了，而我自己，啊，我的上帝，我的头上没有屋顶，雨落在我的眼里。

里尔克的诗[1]

谁这时没有房屋
就不必建筑
谁这时孤独
就永远孤独

1 这里收录的是冯至所译的全部18首里尔克的诗。除标记“编者注”和“作者原注”外，均为译者冯至所注。

秋日[1]

主啊，是时候了。夏日曾经很盛大。
把你的阴影落在日晷上，
让秋风刮过田野。

让最后的果实长得丰满，
再给它们两天南方的气候，
迫使它们成熟，
把最后的甘甜酿入浓酒。

谁这时没有房屋，就不必建筑，
谁这时孤独，就永远孤独，
就醒着，读着，写着长信，
在林荫道上来回

---

1 此诗及以下9首诗，据上海文艺出版社1980年10月版《外国现代派作品选》第1册（上）编入。其中《豹》《Pietà》《一个妇女的命运》《啊，朋友们，这并不是新鲜……》《奥尔弗斯》《啊，诗人，你说，你做什么……》6首曾在1936年12月《新诗》第1卷第3期"里尔克逝世十周年特辑"中发表，后收入《冯至全集》第9卷，在编入本书时已将《奥尔弗斯》及《纵使这世界转变……》两首移入《致奥尔弗斯的十四行诗》（选译）中。——编者注

不安地游荡，当着落叶纷飞。

一九〇二，巴黎

豹

在巴黎植物园[1]

它的目光被那走不完的铁栏
缠得这般疲倦，什么也不能收留。
它好像只有千条的铁栏杆，
千条的铁栏后便没有宇宙。

强韧的脚步迈着柔软的步容，
步容在这极小的圈中旋转，
仿佛力之舞围绕着一个中心，
在中心一个伟大的意志昏眩。

1　此诗发表于1932年11月《沉钟》半月刊第15期，收进《外国现代派作品选》时译文做了修改，后收入《冯至全集》第9卷。——编者注只有时眼帘无声地撩起——
于是有一幅图像浸入，
通过四肢紧张的静寂——
在心中化为乌有。

一九〇三，巴黎

Pietà[1]

耶稣，我又看见你的双足，
当年一个青年的双足，
我战兢兢脱下鞋来洗濯；
它们在我的头发里迷惑，
像荆棘丛中一只白色的野兽。

我看见你从未爱过的肢体
头一次在这爱情的夜里。

1 在西方雕刻绘画中表现耶稣死后他的母亲马利亚对耶稣悲痛的情景，叫作Pietà（意大利语，有悲悯、虔诚的含义）。这类的作品有时除马利亚和已死的耶稣外，还有其他的人，其中最常见的是马利亚·马格达雷娜（中文《新约》译为“抹大拉的马利亚”）。这首诗写的是马利亚·马格达雷娜对耶稣的热爱。

我们从来还不曾躺在一起，
现在只是被人惊奇，监视。

可是看啊，你的手都已撕裂——：
爱人，不是我咬的，不是我。
你心房洞开，人们能够走入：
这本应该只是我的入口。

现在你疲倦了，你疲倦的嘴
无意于吻我苦痛的嘴——
啊，耶稣，何曾有过我们的时辰？
我二人放射着异彩沉沦。

一九〇六，巴黎

一个妇女的命运

像是国王在猎场上拿起来
一个酒杯，任何一个酒杯倾饮，——
又像是随后那酒杯的主人
把它放开，收藏，好似它并不存在：

命运也焦渴，也许有时拿动
一个女人在它的口边喝，
随即一个渺小的生活，
怕损坏了她，再也不使用，

放她在小心翼翼的玻璃橱，
在橱内有它许多的珍贵
（或是那些算是珍贵的事物）。

她生疏地在那里像被人借去
简直变成了衰老，盲聩，
再也不珍贵，也永不稀奇。

一九〇六，巴黎

爱的歌曲

我怎么能制止我的灵魂，让它
不向你的灵魂接触？我怎能让它
越过你向着其他的事物？
啊，我多么愿意把它安放
在阴暗的任何一个遗忘处，
在一个生疏的寂静的地方，
那里不再波动，如果你的深心波动。
可是一切啊，凡是触动你的和我的，
好像拉琴弓把我们拉在一起，
从两根弦里发出“一个”声响。
我们被拉在什么样的乐器上？
什么样的琴手把我们握在手里？
啊，甜美的歌曲。

一九〇七，卡卜里[1]

1 卡卜里（Capri），意大利旅游胜地，今译卡普里。

总是一再地……

总是一再地，虽然我们认识爱的风景，
认识教堂小墓场刻着它哀悼的名姓，
还有山谷尽头沉默可怕的峡谷；
我们总是一再地两个人走出去
走到古老的树下，我们总是一再地
仰对着天空，卧在花丛里。

一九一四

啊，诗人，你说，你做什么……

啊，诗人，你说，你做什么？——我赞美。
但是那死亡和奇诡
你怎样担当，怎样承受？——我赞美。
但是那无名的、失名的事物，
诗人，你到底怎样呼唤？——我赞美。
你何处得的权利，在每样衣冠内，
在每个面具下都是真实？——我赞美。

怎么狂暴和寂静都像风雷
与星光似的认识你？——因为我赞美。

一九二一，米索[1]

啊，朋友们，这并不是新鲜……

啊，朋友们，这并不是新鲜，
机械排挤掉我们的手腕。
你们不要让过度迷惑，
赞美“新”的人，不久便沉默。

因为全宇宙比一根电缆、
一座高楼，更是新颖无限。
看哪，星辰都是一团旧火，
但是更新的火却在消没。
不要相信，那最长的传递线
已经转动着来日的轮旋。

1 米索（Château de Muzot），瑞士谢尔（Sierre）附近的城堡，亦译慕佐古堡。

因为永劫同着永劫交谈。

真正发生的，多于我们的经验。
将来会捉取最辽远的事体
和我们内心的严肃融在一起。

一九二二，米索

致奥尔弗斯的十四行诗（选译）

上卷第 9 首（奥尔弗斯）[1]

只有谁在阴影内
也曾奏起琴声，
他才能以感应
传送无穷的赞美。

只有谁曾伴着死者
尝过他们的罂粟，

1　此诗选自《致奥尔弗斯的十四行诗》上卷第 9 首，首次发表于 1936 年 12 月《新诗》第 1 卷第 3 期“里尔克逝世十周年特辑”中，后与选自上卷第 19 首的《纵使这世界转变……》一同收入 1980 年 10 月版《外国现代派作品选》第 1 册（上）和《冯至全集》第 9 卷。后面《上卷第 17 首》及以下 7 首，则以《致奥尔弗斯的十四行诗》（选译）为题发表于 1992 年第 1 期《世界文学》，每首诗都没有加标题，但译者在每首诗之后都加了一段阐释。现将《奥尔弗斯》和《纵使这世界转变……》这两首也编入《致奥尔弗斯的十四行诗》（选译），但由于这两首与后面 8 首的体例不一致，所以排在 8 首之前，以使两者保持相对完整。——编者注
奥尔弗斯（Orpheus）是古希腊传说中的歌手，他的歌唱和琴声能感化木石禽兽。阴间的女神也被他的音乐感动，允许他死去的妻子重返人世，但约定在回到人世的途中，奥尔弗斯不许回顾他的妻子。奥尔弗斯没有遵守诺言，半路上回头看了看他的妻子，因此他的妻子被护送他们的使者又带到阴间去了。

那最微妙的音素
他再也不会失落。

倒影在池塘里
也许常模糊不清：
记住这形象。

在阴阳交错的境域
有些声音才能
永久而和畅。

一九二二，米索

上卷第 19 首（纵使这世界转变……）

纵使这世界转变
云体一般地迅速，
一切完成的事件
归根都回到太古。

超乎转变和前进之上，
你歌曲前的乐音
更广阔更自由地飘扬，
神弹他的琴。

苦难没有认清，
爱也没有学成，
远远在死乡的事物

没有揭开了面幕。
唯有大地上的歌声
在颂扬，在庆祝。

一九二二，米索

上卷第 17 首[1]

最底层的始祖，模糊难辨，

那筑造一切的根源，

他们从来没有看见

地下隐藏的源泉。

冲锋钢盔和猎人的号角，

白发老人的格言，

男人们兄弟交恶，

妇女像琵琶轻弹……

树枝与树枝交错，

没有一枝自由伸长……

1　这一首及以下 7 首发表在《世界文学》1992 年第 1 期，后编入《冯至全集》第 9 卷。每首诗后面的解释系译者所加。——编者注
在欧洲，一个家族的世系常用树形标志，称为世系树。始祖是最下层的树根，繁衍的子孙是树干上生长的枝条。作者用这个图像，表示他对于一个家族演变的看法。始祖年代久远，无从查考。他的后代有战士，有猎夫，老人留下经验之谈，同族间也常发生纷争，妇女则像是琵琶，弹奏时发出悦耳的声音。子孙后代像错综交叉的枝条，互相牵制，不得自由发展。但是有一枝不断向上伸长，最后自身编成一座古琴。“古琴”象征文艺，“古琴”原文为 Leier，这个词在诗集中经常出现，它是奥尔弗斯使用的乐器。

有一枝！啊，向上……向上……

但它们还在弯折。
这高枝却在树顶上
弯曲成古琴一座。

上卷第20首[1]

主啊，你说，我用什么向你奉献，
你教导万物善于听取？——
一个晚间，在俄国——骏马一匹……
这白马独自从村里跑来，
前蹄的上端绑着木桩，

1　作者在诗里呼唤的“主”，不是基督教的上帝，而是用歌声琴声感动禽兽木石、超越生死界限的奥尔弗斯。这首诗主要是一匹马的奔腾给作者留下的永不磨灭的印象。里尔克曾于1900年5月至8月偕同露·沙罗美（Lou Salomé）第二次访问俄国。他在1922年2月11日写给露·沙罗美的信里说：“……那匹马，你知道，那自由的、幸福的马，脚上戴着木桩，有一次在傍晚伏尔加草原上飞跑着向我们跳来——我怎样把它当作给奥尔弗斯的一件Ex voto（供品）！——什么是时间？——什么时候是现在？过了这么多年它向我跳来，以它全身的幸福投入广阔无边的感觉。”从信里可以看出，作者写这首诗时还真实地感受到二十多年前那匹白马在旷野上的奔驰。原诗没有遵守十四行的限制，多了半行，译诗也按照了原诗的形式。

为了夜里在草原上独自存在；
它拳曲的鬣毛在脖颈上

怎样拍击着纵情的节拍，
它被木桩拖绊着奔驰，
骏马的血泉怎样喷射！

它感到旷远，这当然！
它唱，它听，——你的全部传奇
都包括在它的身内。
它这图像，我奉献。

上卷第 21 首[1]

春天回来了。大地
像个女孩读过许多诗篇；
许多，啊许多……她得到奖励
为了长期学习的辛酸。

她的教师严厉。我们曾喜欢
那老人胡须上的白花。
如今，什么叫绿，什么叫蓝，
我们问：她能，她能回答！

地有了自由，你幸福的大地，
就跟孩子们游戏。我们要捉你，
快乐的大地。最快活的孩子胜利。

1　作者原注："这首短小的春歌我可以说是对于一段奇特的舞蹈音乐的解释，这是我在郎达（西班牙南部）一座小的修女堂里早晨做弥撒时从修道院学童那里听到的。学童们总是按照舞蹈的节拍手持三角铁和铃鼓唱着我不懂得的歌曲。"（里尔克曾于 1912 年 12 月至次年 2 月旅居郎达。）
这首诗里把春天回来后的大地比作一个勤学的女孩，她在学校里辛苦的学习正如大地经历了冬天。最后两行的根和干，语义双关，即指经冬的树根和树干，也指枯燥的语法书中的词根和词干。

啊，教师教给她多种多样，
在根和长期困苦的干上
刻印着的：她唱，她歌唱！

下卷第 4 首[1]

这是那个兽，它不曾有过，
他们不知道它，却总是爱——
爱它的行动，它的姿态，它的长脖，
直到那寂静的目光的光彩。

它诚然不存在。却因为爱它，就成为
一个纯净的兽。他们把空间永远抛掉。
可是在那透明、节省下来的空间内
它轻轻地抬起头，它几乎不需要

1 独角兽在欧洲的传说中，有如中国的麒麟。麒麟象征祥瑞，独角兽象征少女的贞洁。作者原注："独角兽有古老的、在中世纪不断被赞颂的少女贞洁的含义：所以被认为，这个不存在者对于人世间只要它出现，就照映在少女给它举着的银镜中（见十五世纪的壁毯）和少女的身内，这作为一面第二个同样净洁、同样神秘的镜子。"这里所说的"十五世纪的壁毯"系指法国克吕尼博物馆陈列的六幅壁毯，总题《少女与独角兽》，里尔克对此很感兴趣，在他的长篇小说《马尔特·劳利兹·布里格随笔》里有过细致的描述。

存在。他们饲养它不用谷粒，
只永远用它存在的可能。
这可能给这兽如此大的强力，

致使它有一只角生在它的额顶。
它全身洁白向一个少女走来——
照映在银镜里和她的胸怀。

下卷第6首[1]

玫瑰，你端居首位，对于古人
你是个周缘单薄的花萼。
对于我们你的生存无穷无尽，
却是丰满多瓣的花朵。

你富有，你好像重重衣裹，
裹着一个身体只是裹着光；
你的各个花瓣同时在躲
在摒弃每件的衣裳。

你的芳香几世纪以来

1　玫瑰在里尔克的创作里占有重要地位，他认为玫瑰是花中最高贵的。可是在古代玫瑰单薄朴素，作者原注："古代的玫瑰是一种简单的Eglantine（野玫瑰），红的和黄的，像在火焰中的颜色。在瓦利斯这里它开花在个别的花园内。"
诗的第二节写玫瑰自身含有矛盾：多层的花瓣既像重重衣裹，又像是拒绝衣裳，因为花瓣也属于花的身体。里尔克的诗里常常阐述与之相类似的矛盾。
最后两节认为最美的事物如玫瑰的芳香难以命名，像是荣誉在空中不可言传。这不禁使人想起莎士比亚《柔蜜欧与幽丽叶》（曹禺译）第二幕第二景中的名句："姓名又算什么？我们叫做玫瑰的，不叫它玫瑰，闻着不也一样的甜吗？"

给我们唤来最甜的名称；
忽然它像是荣誉停在天空。

可是，我们不会称呼它，我们猜……
我们从可以呼唤来的时间
求得回忆，回忆转到它的身边。

下卷第 8 首

你们少数往日童年的游伴
在城市内散在各地的公园：
我们怎样遇合，又羞涩地情投意满，
像羊身上说话的纸片。

我们沉默交谈。我们若有一次喜欢，
这喜欢属于谁？是谁的所有？
它怎样消逝在过往行人的中间，
消逝在长年的害怕担忧。

车辆驶过我们周围，漠不关情，

房屋坚固地围绕我们，却是幻境，
什么也不认识我们，万物中什么是真实？

没有。只有球。它们壮丽的弧形。
也不是儿童……但有时走来一个儿童，
啊，他在正在降落的球下消逝。

——《怀念艾贡·封·里尔克[1]》

1　艾贡·封·里尔克（Egon von Rilke，1873—1880）是里尔克的堂兄，童年夭折，里尔克常常思念他。作者在这首诗里写他童年时的经验。游戏的伴侣们互相遇合，相对无言，但都感到高兴，外界的事物对他们都是生疏的，好像与他们无关。只有他们游戏时抛掷的球是真实的，形成弧形，而他们中间的一个在球正在降落时消逝了。
关于第一节第四行中“说话的纸片”，作者原注解释：“羊（在绘画上）只借助于铭语带说话。”中世纪的绘画在人物或生物旁常附有文字说明，称为铭语带。

下卷第19首[1]

黄金住在任何一处骄纵的银行里，
它跟千万人交往亲密。可是那个
盲目的乞丐，甚至对于十分的铜币
都像失落的地方，像柜下尘封的角落。

在沿街的商店金钱像是在家里，
它用丝绸、石竹花、毛皮乔装打扮。
金钱醒着或是睡着都在呼吸，
他，沉默者，却站在呼吸间歇的瞬间。

啊，这永远张开的手，怎能在夜里合攏。
明天命运又来找它，天天让它伸出：
明亮，困苦，无穷无尽地承受摧残。

1 贫穷与困苦，在里尔克的诗歌和散文里常常读到。在《祈祷书》《图像书》《马尔特·劳利兹·布里格随笔》以及后期某些作品中有些篇章和段落不仅描述，而且有时还赞颂贫苦。里尔克观看他那时代的社会，金钱统治一切，产生许多罪恶，因而对于贫穷和困苦有些圣洁之感。所以他说，歌唱者能为贫困代言，有神性的人能听到歌唱。

一个旁观者却最后惊讶地理解还称赞
它长久的持续。只是歌唱者能陈述。
只是神性者能听见。

下卷第25首[1]

听，你已经听到最初的耙子
在工作；早春强硬的地上
在屏息无声的寂静里
又有人的节拍。你好像从未品尝

即将到来的时日。那如此常常
已经来过的如今又回来，又像是
新鲜的事物。永远在盼望，
你从来拿不到它。它却拿到了你。
甚至经冬橡树的枯叶

1 这首诗直接描述作者在初春时的感受。春天每年都会来的，但是每次春天的到来，人们都觉得新鲜，好像过去不曾来过。橡树的树叶没有完全凋落，但已有褐色的嫩芽。这里以及第四节的前两行都是用颜色形容初春的景色。最后一行的“时辰”是比拟为一个女性，她走过去，不是变老，而是变得更年轻。
作者原注：这首诗是“上卷第21首学童们短小的春歌的对歌”。

傍晚显出一种未来的褐色。
微风时常传送一个信号。

灌木丛发黑。可是成堆的肥料
堆积在洼地上是更饱满的黑色。
每个时辰走过去，变得更年少。

附 录 二

冯至论里尔克

里尔克

——为十周年祭日作[1]

1926年的秋天，我第一次知道里尔克的名字，读到他早期的作品《旗手》(*Cornett*)。这篇现在已有两种中文译本的散文诗，在我那时是一种意外的、奇异的得获。色彩的绚烂、音调的铿锵，从头到尾被一种幽郁而神秘的情调支配着，像一阵深山中的骤雨，又像一片秋夜里的铁马风声：这是一部神助的作品，我当时想；但哪里知道，它是在一个风吹云涌的夜间，那青年诗人倚着窗，凝神望着夜的变化，一气呵成的呢？

随后我再也无缘读到里尔克其他的作品，只以

1　原载1936年12月10日《新诗》第1卷第3期，后收入《冯至选集》第2卷和《冯至全集》第4卷。

为他不过是一个新浪漫派的、充满了北方气味的神秘诗人；却不知他在那时已经观察遍世上的真实，体味尽人与物的悲欢，后来竟达到了与天地精灵相往还的境地，而于当年除夕的前两天逝世了。

至于读到他的《祈祷书》(1905年)、他的《新诗》(1907年)、他的《布里格随笔》(1910年)，他晚年的《杜伊诺哀歌》(1923年)和十四行诗，还有那写不尽、也读不完的娓娓动人的书简，却是最近五年的事。在《祈祷书》里处处洋溢着北欧人的宗教情绪，那是无穷的音乐，那是永久的感情泛滥。在这无穷的音乐与永久的感情泛滥中德国十八世纪末期的浪漫派诗人们(他们撇开了歌德)已经演了一番无可奈何的悲剧。他们只有青春，并没有成年，更不用说白发地完成了。但是里尔克并不如此，他内心里虽然也遭逢过那样的命运，可是他克制了它。在诺瓦利斯[1]死去、荷尔德林[2]渐趋于疯狂的年龄，也就是在从青春走入中年的路程中，里尔克却有一种新的意志产生。他使音乐的变为雕刻的，流动的变

1 诺瓦利斯(Novalis，1772—1801)，德国诗人、哲学家。

2 荷尔德林(Hölderlin，1770—1843)，德国浪漫派诗人。

为结晶的，从浩无涯涘的海洋转向凝重的山岳。他到了巴黎，从他倾心崇拜的大师罗丹那里学会了一件事：工作——工匠般地工作。

他开始观看，他怀着纯洁的爱观看宇宙间的万物。他观看玫瑰花瓣、罂粟花；豹、犀、天鹅、红鹤、黑猫；他观看囚犯、病后的与成熟的妇女、娼妓、疯人、乞丐、老妇、盲人；他观看镜、美丽的花边、女子的命运、童年。他虚心伺奉他们，静听他们的有声或无语，分担他们人们都漠然视之的运命。一件件的事物在他周围，都像刚刚从上帝手里做成；他呢，赤裸裸地脱去文化的衣裳，用原始的眼睛来观看。这时他深深感到，人类有史以来几千年是过于浪费了，他这样问："我们到底是发现了些什么呢？围绕我们的一切不都几乎像是不曾说过，多半甚至于不曾见过吗？对于每个我们真实观看的物体，我们不是第一个人吗？"直到他的晚年，还写过这样的诗句：

苦难没有认清，
爱也没有学成，
远远在死乡的事物

没有揭开了面目。

里尔克就这样小心翼翼地发现许多物体的灵魂，见到许多物体的姿态；他要把他所把握住的这一些自有生以来、从未被人注意到的事物在文字里表现出来，文字对于他，也就成为不是过于雕琢，便是从来还没有雕琢过的石与玉了。

罗丹怎样从生硬的石中雕琢出他生动的雕像，里尔克便怎样从文字中锻炼他的《新诗》里边的诗。我每逢展开这本《新诗》，便想到巴黎的罗丹博物馆。这集子里多半是咏物诗，其中再也看不见诗人在叙说他自己，抒写个人的哀愁；只见万物各自有它自己的世界，共同组成一个真实、严肃、生存着的共和国。

美和丑、善和恶、贵和贱已经不是他取材的标准；他唯一的标准却是：真实与虚伪、生存与游离、严肃与滑稽。他在他的《布里格随笔》里提到波特莱尔[1]的《腐尸》："你记得波特莱尔的那首不可思议

1　波特莱尔（Charles Pierre Baudelaire，1821—1867），法国现代派诗人，今译波德莱尔。《腐尸》（«Une Charogne»）是其代表作《恶之花》（*Les Fleurs du Mal*）中的一首。

的诗《腐尸》吗？那是可能的，我现在了解它了。……那是他的使命，在这种恐怖的、表面上只是引人反感的事物里看出存在者，它生存在一切存在者的中间。没有选择和拒绝。……我时常惊讶，我是怎样情愿为了实物放弃我所期待的一切，纵使那实物是恶的。”

“选择和拒绝”是许多诗人的态度，我们常听人说，这不是诗的材料，这不能入诗，但是里尔克回答，没有一事一物不能入诗，只要它是真实的存在者；一般人说，诗需要的是情感，但是里尔克说，情感是我们早已有了的，我们需要的是经验：这样的经验，像是佛家弟子，化身万物，尝遍众生的苦恼一般。他在《随笔》里说：“我们必须观看许多城市，观看人和物，我们必须认识动物，我们必须去感觉鸟是怎样飞翔，知道小小的花朵在早晨开放时的姿态。我们必须能够回想：异乡的路途、不期的相遇、逐渐临近的别离；——回想那还不清楚的童年的岁月；……想到儿童的疾病……想到寂静、沉闷的小屋内的白昼和海滨的早晨，想到海的一般，想到许多的海，想到旅途之夜，在这些夜里万籁齐鸣，群星飞舞——可是这还不够，如果这一切都能想得到。

我们必须回忆许多爱情的夜，一夜与一夜不同，要记住分娩者痛苦的呼喊，和轻轻睡眠着、翕止了的白衣产妇。但是我们还要陪伴过临死的人，坐在死者的身边，在窗子开着的小屋里有些突如其来的声息。……等到它们成为我们身内的血、我们的目光和姿态，无名地和我们自己再也不能区分，那才能以实现，在一个很稀有的时刻有一行诗的第一个字在它们的中心形成，脱颖而出。”——这是里尔克的诗的自白，同时他也这样生活着。

关于《布里格随笔》那部奇书的内容，我不能在这里叙述（我希望将来能有另一个机会来讲它）。在《新诗》前后两集相继出版、《随笔》告成了以后，整整十几年，里尔克陷入一种停滞、枯涩、没有创造的状态中，这中间他忍受了那他不能担当的、残酷的灭绝人性的世界大战。

经过长时期的沉默，忽然灵感充溢，于1922年在几日之内，在瑞士西南部一座从十三世纪遗留下来的古宫中（那古旧的宫墙里只种着玫瑰），一气完成在战前已经开端、经过长期停顿的十首长篇的《杜伊诺哀歌》，同时还附带着写出几十首十四行诗。

这时，那《新诗》中一座座的石刻又融汇成汪洋的大海，诗人好似海夜的歌人，独自望着万象的变化，对着无穷无尽的生命之流，发出沉毅的歌声：赞美，赞美，赞美……

这样他完成了他的使命。

就他晚年的诗歌看来，他是可以和辽远的古希腊的宾达[1]列在一起的。但若是读起最近出版的他的书简，我们会感到他和我们比任何一个最亲切的朋友还要亲切。我们会跟随着他到俄国去拜访托尔斯泰，到巴黎谒见罗丹，经过丹麦怀念雅各布孙[2]和基尔克郭尔[3]，在罗马欣赏米霞盎基罗设计的喷水池，随后到埃及和西班牙旅行……最后是在哀歌和十四行诗完成后，他在夜半向他的远方友人发出幸福的高歌。

里尔克是一个稀有的书简家，他一生在行旅中、在寂寞中，无时不和他的朋友们讲着最亲密的话——不但是和他的朋友们，和许多青年：年轻的母亲、失业的工人、试笔的作家、监狱里的革命者，都爱把他

---

1 宾达（Pindar，前 522—前 446），古希腊抒情诗人。今译品达。

2 即雅阔布生，见本书第 025 页注 1。

3 基尔克郭尔（Kierkegaard，1813—1855），丹麦存在主义哲人。今译基尔凯郭尔或克尔凯郭尔。

们无处申诉的痛苦写给他，他都诚恳地答复。几年来，这几册书简每每是我最寂寞、最彷徨时候的伴侣。

1936 年 11 月

工作而等待[1]

在我们抗战的第二年，英国诗人奥登因为同情中国来到武汉，那正是前线不利、武汉岌岌堪危的时刻，他当时写了一些诗，其中有一首十四行，卞之琳曾经把它译成中文：

当所有用以报告消息的工具
一齐证实了我们的敌人的胜利；
我们的棱堡被突破，军队在退却，
“暴行”风靡像一种新的疫疠，

1 本文原载 1943 年 11 月《生活导报周年纪念文集》，后收入《冯至选集》第 2 卷和《冯至全集》第 4 卷。

“邪恶”是一个妖精，到处受欢迎；
当我们悔不该生于此世的时分：
且记起一切似被遗弃的孤灵。
今夜在中国，让我想起一个人，
他经过十年的沉默，工作而等待，
直到在缪佐[1]他显了全部的魄力，
一举而叫什么都有了个交代：

于是带了完成者所怀的感激，
他在冬天的夜里走出去抚摩
那座小古堡，当一个庞然的大物。

奥登在武汉的任何一个旅馆里的灯光下会“想起一个人”，这个“想起”使我感到意外地亲切。第一因为我是中国人，中国的命运我们无时无刻不在分担着；第二因为他所想起的那个人正是我十年来随时都要打开来读的一个诗人：里尔克。我从这

1　缪佐（Muzot），一译穆佐，地处瑞士罗纳河谷的古堡。1921年里尔克住进古堡，于次年二月用八九天时间完成了战前已经开始的《杜伊诺哀歌》的剩余部分，并分别将《致奥尔弗斯的十四行诗》的第一部和第二部一气呵成。

人的作品中得到过不少的启发，并且他指示给我不少生活上应取的态度。现在来了一个第三国的诗人，他居然把中国的命运和里尔克融会在一首美好的十四行里，这能说只是诗人的奇异的联想吗，也许里边不是没有一些夙缘。

中国对于这个奥地利的诗人是一个辽远的世界，除却李太白的名字和瓷茶杯外，在他的集子里找不到什么关于中国的事；他是一个纯粹的欧洲人，他不像他同时代的一部分诗人、画家，每每远渡重洋用异乡的色彩不着实际地渲染他们的幻想。里尔克的诗，由于深邃的意念与独特的风格，就是在他的本国也不是人人所能理解的，在中国，对于里尔克的接受更不是一件容易的事。但是竟有人把“中国”和“里尔克”这两个生疏的名字联系在一起，也许最生疏的事物在生命的深处有时会感到非常的亲切吧。

人需要什么，就会感到什么是亲切的。里尔克的世界使我感到亲切，正因为苦难的中国需要那种精神：“经过十年的沉默，工作而等待，直到在缪佐他显了全部的魄力，一举而叫什么都有了交代。”这是一个诗人经过长久的努力后的成功，也就是奥登对于中国的希望。

里尔克在他“十年的沉默”之前，就写过这样的诗句：

……他们要开花，
开花是灿烂的，可是我们要成熟，
这叫作居于幽暗而自己努力。

这里很显著地表明了诗人所决定的态度，他与热闹的世界判然分离了。至于他沉默的时期，正是在第一次的世界大战中间和战前战后，他看着世界一切都改变了形象，他在难以担受的寂寞里，深深感到在这喧嚣的时代一切的理想都敛了踪迹，再也没有什么可说的了，但是他锐利的目光无时放松时风的转变，他只向他的友人们倾吐他的关怀。他的信札集，在战时和战后那几年内，成为最能感人的一部分。在 1915 年的一封信里，他写道：

在城市中有多少曲饰，多少最坏的消

遣，……被贪求获利的文艺和可怜的剧院所支持，被报纸所谄媚。……恶劣的谎语自一年以来的确常常成为真正发生的事件的原因了，几百的谎语在世界上制造出几千的事实，于是那不断发生的崇高的、牺牲的、果敢的事都被编入可怜的虚伪混浊中了……

这是一个真伪混淆的社会，他希望这混沌的状态能够在伟大的人物的面前澄清一些。但是他所最推崇的两个同时代的人，法国的雕刻家罗丹和比利时的诗人凡尔哈仑，据由战线的西边辗转传来的消息，他知道，他们都在这时期内与世长辞了。他证实了这些消息以后，在 1917 年感慨地写给他的夫人：

若是这可怕的硝烟（战争）消散了，他们将不再存在，他们将不能协助人们重新建设和培育这个世界了。

世界在紊乱着，而在这紊乱的世界能够指给人一些方向的人正在这时死去了，这有多么使人悲痛！欧洲经过四年的混战，停战后一般的情形比战时更为紊乱，更为庞杂，他在1919年向一个女友表示他的热望："在这样多的颠覆、嚣杂、恶意的倾轧之后，并没有从事于真实地改变和革新的意志，这意志，人们早就应该准备着分担合作了。"

这是他在战时和战后所有的心情，外边任何一件不合理的事都会成为他深切的痛苦。但是他在外界不愿显露，他隐伏着，只暗自准备将来的伟大工作。1918年，奥地利政府因为他过去的文艺上的贡献曾经颁给他奖章和奖状，他拒绝了。他在12月17日上的呈文，读起来也非常感人：

> 具呈人于本年五月，展读报纸，知将承受一最高之褒扬，当时曾决定，不拟接受：因彼之心意从来如此，即规避任何颁奖之勋章。但当时友人促其注意，因彼正服务于陆军协会，应无权予以拒绝。
>
> 今具呈人已收到颁赠奖状及勋章之正式公文，彼在此具有根据其信念行事之自

由：因此望能准许将勋章及一切附带之文件向颁发处退还。

具呈人实为冒昧，人将视此行为为缺乏恭顺；惟彼之拒不接受只由于维护其个人之信念；盖其艺术工作绝对使其度“不显著”之生活也。

不显著地生活着，也正是前边所引的那三行诗里所说的“居于幽暗而自己努力”。当他早期的作品在战壕里被许多青年人诵读时，他个人早已在紊乱的时代前退却了。如果没有那些信札传下来，人们会不知道这些年的岁月他是怎样度过的；现在却从这些信札里知道，他当时对于人类所有的关怀，并不下于指挥三军的统帅在战场上所用的心机。在战后，他怀着那个“从事于真实地改变和革新的意志”，经过长久的彷徨和寻索，最后在瑞士缪佐地方的一座古宫里，在1922年，一举而完成那停顿了十年的巨著《杜伊诺哀歌》，同时还一气呵成写了一部《十四行致莪尔菲斯》[1],十年的沉默和痛苦在这时都得到升华,一切“都有了个交代”。这两部诗集成为二十世纪——至少是前半世纪——文艺界的奇迹,显示着一种新的诗风。如今,里尔克早已死去了,他的诗、他的信札,却不知教育了多少青年,而他的名声也一天比一天扩大,由欧洲的大陆而英国,由英而美,一直波及我们东方,甚至奥登在武汉的中心,有一天夜里会想到他。

现在距离奥登写那首十四行的时候转眼又是五年了。在这五年内,我们有成功,也有失败。成功,是我们当时所热望的、所想象的,如今有些事渐渐具体化了,把握得住了;失败,我们不能不承认,在一般的社会里显露出道德崩溃的现象。在这局面下,有人过分乐观,觉得一切都会随着抗战胜利而得到解决;有人在悲观,几年的流血并没有把人心洗得清洁一些,一切反倒越搅越混浊了,他们看着这情形,感到激愤,他们担心战后的社会里有许多事怕会更难收拾,恐怕需要比抗战还要艰巨的努力。在谈到

1 标题后改译为“致奥尔弗斯的十四行诗”。

这些问题时，我常常想到另一个英国人所说的一句话。在 1921 年的一个夏夜，北京大学大礼堂里聚集了许多青年，在送别罗素的集会上听取这个英国的思想家的临别赠言。那时我还是一个没有走进大学门口的学生，也坐在人群中间倾心静听。那晚罗素说了些什么话，如今已经记不清，但是其中有几句却始终没有忘记，而且现在越想越有意义了。他说，中国这样大，人口这样多，其中只要能有一千个真实努力工作的人，中国就会有办法。现在，二十二年的岁月悠悠地过去了，当时参加过这个聚会的青年，如今多是四十左右的壮年，分散在这广大国土的许多地方，回想起来，不无一些伤感。但是中国之所以能够有今日，大半还是多亏在这二十年内不缺乏真实努力工作的人。我们只希望这些人的数目能够增加。

我们不要让那些变态的繁华区域的形形色色夺去我们的希望，那些不过是海水的泡沫，并接触不到海内的深藏。我们应该相信在那些不显著的地方，在不能蔽风雨的房屋里，还有青年——纵使是极少数——用些简陋的仪器一天不放松地工作着；在陋巷里还有中年人，他们承袭着中国的好的方面的传统，在贫乏中每天都满足了社会对他提出的要求。他们工作而忍耐，我们对于他们应该信赖，而且必须信赖，如果我们不对于中国断念。

无视眼前的困难，只捕风捉影地谈战后问题，有些近乎痴人说梦，但真正为战后做积极准备的，正是这些不顾时代的艰虞、在幽暗处努力的人们。他们绝不是躲避现实，而是忍受着现实为将来工作，在混沌中他们是一些澄清的药粉，若是混沌能够过去，他们心血的结晶就会化为人间的福利。到那时他们也许会在夜里走出去，抚摩他们曾经工作的地方，像是“一个庞然的大物”。

1943 年

外来的养分（节选）[1]

…………

回想半个多世纪前，我作为一个中国留学生在柏林和海岱山[2]听过雅斯贝斯、斯佩朗格[3]、宫多尔夫[4]、佩特森[5]那些著名教授的讲课，从德国的文学和哲学中吸取过有益的精神营养。在四十年前抗日战争的艰苦岁月里，我在大学里教书并从事诗与散文的创

1 本文是冯至1987年6月4日在联邦德国国际交流中心“文学艺术奖”颁发仪式上的答词，其主要部分曾以《外来的养分》为题，发表于《外国文学评论》1987年第2期，并收入《立斜阳集》（1989），后答词全文收入《文坛边缘随笔》（1995）和《冯至全集》第5卷。

2 海岱山（Heidelberg），今译海德堡。

3 斯佩朗格（Eduard Spranger，1882—1963），德国哲学家、教育家。

4 宫多尔夫（Friedrich Gundolf，1880—1931），德国文学史家、文学批评家。

5 佩特森（Julius Petersen，1878—1941），德国日耳曼语学者。

作，除祖国的文化遗产和当时的进步思潮推动我前进外，歌德、里尔克、尼采的著作也曾给我不少的鼓励。那时中国文化界对德国文学还相当生疏，我起始试译歌德的《维廉·麦斯特的学习年代》、席勒的《审美书简》，尼采、里尔克的诗……

…………

我们与文学作品的接触，无论是本国的或是外国的，类似人际间的交往，有的很快就建立了友情，有的纵使经常见面，仍然陌生。友情也常有两种情况，一种是两个朋友性格相近，志趣相投，所谓“有共同的语言”；一种是性格相反，却能从对方看到自己的缺陷，取人之长补己之短。这两层比喻可以作为我和外国文学关系的说明。

…………

从 1931 年起，我遇到里尔克的作品。在这以前，我读过他早期的散文诗《旗手》，还是以读浪漫主义诗歌的心情读的。如今读里尔克，与读《旗手》时的情况不相同了，他给我相当大的感召和启发。里尔克是诗人，但我首先读的是他的散文，小说《马尔特·劳利兹·布里格随笔》和他的书信集，然后我才比较认真地读他的诗。里尔克诞生在布拉格，青年时两次旅行俄国，访问托尔斯泰，中年后多次旅居巴黎，一度充当罗丹的秘书，南欧、北欧和北非都留下过他的足迹。他广泛结交当时欧洲文化界的代表人物，接触各阶层的青年和妇女。他的母语是德语，也曾用俄语、法语写诗，并且翻译欧洲其他语言的诗文。它不仅是著名的德语诗人，更可以说是一个全欧性的作家。他的世界对于我这个“五四”时期成长起来的中国青年是很生疏的，但是他许多关于诗和生活的言论却像是对症下药，给我以极大的帮助。我不是为创作上的危机而苦恼，几乎断念于诗的写作吗？里尔克在给一个青年诗人的信里说：“探索那叫你写的缘由，考察它的根是不是盘在你心的深处；你要坦白承认，万一你写不出来，是不是必得因此而死去。”在同一封信里还说：“不要写爱情诗；先要回避那些太流行、太普通的格式；……”[1] 我不是一向认为诗是情感的抒发吗？里尔克在《布里格随笔》里说：“诗并不像一般人所说的

1　见本书第 017 页。

是情感（情感人们早就够了）——诗是经验。”[1] 随后他陈述了一系列在自然界和人世间应该经验的种种巨大的和微小的事物。我不是工作常常不够认真不够严肃吗？也是《布里格随笔》里讲到，法国诗人阿维尔斯在临死时听见护理他的修女把一个单词的字母说错，他立即把死亡推迟了一瞬间，纠正了这个错误。作者说："他是一个诗人,他憎恨'差不多'；或者也许这对于他只是真理攸关；或者这使他不安；最后带走这个印象，世界是这样继续着敷衍下去。"

里尔克的这些话，当时都击中了我的要害，我比较清醒地意识到我的缺陷，我虚心向他学习，努力去了解他的诗和他的生活。如果像我这篇文章开始时所说的，与文学作品的接触像是人际间的友情，而友情又有两种不同情况，那么我和里尔克作品的"友情"就属于"能从对方看到自己的缺陷"的那一种了。

里尔克早年的诗接近印象主义和新浪漫主义，也是以情感为主。可是到了巴黎，在罗丹的感召下，

1　见本书第 106 页。

他的诗起了很大变化。他在罗丹那里学习到作为艺术家应该怎样工作和观看。"工作"和"观看"这两个日常生活里天天使用的动词，在罗丹看来，不比寻常，是他一生极为丰富的艺术创作的基础。里尔克在他的书信里，在他的《罗丹论》里一再论述罗丹是怎样永不停息地工作，怎样观看万物。诗人和艺术家们常常强调灵感，罗丹则否认灵感的存在，因为在他身上灵感与工作已经融为一体，致使他不感到灵感的来临。关于观看万物，艺术家"模制一件物，就是要：各处都看到了，无所隐瞒，无所忽略，毫无欺骗；认识一切众多的侧面、一切从上看和从下看的观点、每个互相的交叉。然后才有一个物存在，然后它才是一座岛，完全与飘忽不定的大陆脱离"[1]。所谓"飘忽不定的大陆"，指的是因袭的习俗，它们往往掩盖了事物的本来面貌，模糊事物的实质。艺术家和诗人必须摆脱习俗，谦虚而认真地观看万物，去发现物的实质。里尔克有了这样的认识，便身体力行，观看世界上一切抽象的、具体的事物，像

1 里尔克:《罗丹论》，梁宗岱译，四川美术出版社，1984年，第56页。这里的译文与梁的译文略有不同。——作者原注

罗丹从石头里雕刻出各种人和物的神态那样，里尔克从语言里锻炼诗句，体现各种人和物真实的存在。里尔克这时期的诗，写动物、植物、艺术品、古希腊神话和《圣经》里的神和人，以及人世的悲欢离合，他都尽量与它们保持客观的距离，不让它们感染到作者自我的色彩。所以人们把这些诗叫作无我的咏物诗。但是他并没有停留在这个阶段。第一次世界大战期间和战前战后他经历了十年的苦闷与彷徨，最后完成了他晚期两部总结性的著作:《杜伊诺哀歌》和《致奥尔弗斯的十四行诗》,这里不再是没有自我，而是自我与万物交流，一方面怨诉——我借用陶渊明的两句诗——“万族各有托，孤云独无依”，一方面又感到世界上的一切真实，不管有名的或无名的，能否承受和担当的，都值得赞美。

在三〇年代，我基本上没有写诗。可是经常读里尔克的诗和《布里格随笔》以及他的书信。他的诗不容易懂，读时要下很大的功夫。我深信，里尔克写诗所下的功夫更大，例如他初到巴黎不久写的名篇《豹》。像罗丹从各方面仔细观看一件物那样，里尔克在巴黎植物园观看那只禁锢在铁栏里边的豹，用了几天的时间才写出这首仅有十二行的诗。直到他逝世的那年，还特别提到这首诗是在罗丹影响下“严格训练的最初的成果”[1]。至于《杜伊诺哀歌》，从1912年起始到1922年完成，中间时断时续，赓续了十年之久；《致奥尔弗斯的十四行诗》虽然是在短期内一气呵成，却也先有了长期积累。对于诗人呕心沥血用极大功力写出来的诗，读者若是草率对待，我认为这是对作者辛勤努力的不敬。那时每逢我下了一番功夫，读懂了几首里尔克的诗，都好像有一个新的发现，所感到的欢悦，远远超过自己写出一首自以为满意的诗。我读《杜伊诺哀歌》和《致奥尔弗斯的十四行诗》（尽管我不是都能读懂），时常想到歌德《浮士德》最后几行“神秘的合唱”：“一切无常的 / 只是一个比喻；/ 不能企及的 / 这里成为事迹；/ 不能描述的 / 这里已经完成；/ 引渡我们的 / 是永恒的女性。”我以为，为文学艺术奋斗一生的人，在他们最后能够完成总结性的作品时，都会唱出这样的高歌。

1　见里尔克1926年3月17日给一个青年女友的信。——作者原注自从二〇年代中期我和克服了维特烦恼的歌德告别后，有十多年没有读歌德的书，到了三〇年代后半期，尤其是在抗日战争时期，我又逐渐和歌德接近。这时我接触到的歌德，已经不是狂飙突进时热情澎湃、与自然相拥抱的青年，而是日趋冷静的成人，他在实际工作中得到锻炼，在科学研究中受到启发，因而对于宇宙和人生有了更深刻的认识。歌德一生的著作极为丰富，其中很大一部分蕴蓄着真善美的精华。他的两部巨著：小说《维廉·麦斯特》和悲剧《浮士德》，我先是不敢问津，继而试探着阅读，最后像是攀登矿山那样，不仅看到些山林的风景，还能钻探出丰富的宝藏。人们常说，若是拿一般小说、戏剧的"规范"来衡量，《维廉·麦斯特》不像津津有味的小说，《浮士德》也不像能上舞台的剧本；正因如此，我也不把它们当作纯粹的小说和剧本看待。它们对于我是两部"生活教科书"。作为世界名著，它们当然给我以审美的教育，更重要的是教给我如何审视人生。这两部著作的主人公，身份不同，活动的环境也不一样，却都体现一个共同的思想：人在努力时总不免要走些迷途，但只要他永远自强不息，最后总会从迷途中“得救”，换句话说，人要不断地克服和超越自我。在抗日战争艰难的岁月里，它们给了我不少克服困难、纠正错误的勇气。至于歌德的一部分诗、用韵文和散文写的格言、书信，以及旁人记下的语录，偶一展读，都能沁人肺腑，新人耳目。

歌德与里尔克是两个气质不相同的诗人，生活在两个不同的时代。里尔克还说过他缺乏接受歌德的“官能”[1]，在他中年以后的书信中，人们间或能读到他对于歌德的某些诗、某部自传、某些书信的称赞，至于《浮士德》他却没有提到过。可是我在前边比较大胆地用《浮士德》里“神秘的合唱”概括了里尔克主要的著作，这是由于我有如下的几点看法。首先，里尔克是比喻的能手，他不仅用具体的形象比喻抽象，也善于用抽象比喻具体的事物。其次，他高度地掌握语言，能发挥语言极大的功能，把“不能企及的”和“不能描述的”，能尽力表达出来。最后，里尔克在他的诗和《布里格随笔》里有许多地方以

1　见里尔克1904年8月给瑞典女画家托拉·霍尔姆斯特朗（Tora Holmstrom）的信。——作者原注

极大热情歌颂过去几个一往情深的女性，他称赞爱者，轻视被爱者；他还翻译了法国十六世纪里昂女诗人露易丝·拉贝和英国布朗宁夫人的十四行诗、葡萄牙十七世纪一个修女写给一个遗弃她的男子的书信，这些诗和信正如《布里格随笔》所说的："在她们身内秘密成为健全的，她们把秘密全部喊叫出来，像夜莺似的没有保留。"

我通过这"神秘的合唱"，在这两个气质很不相同的诗人中间找到了一些共同点。里尔克在罗丹那里学会了观看；歌德一向认为视觉是最可宝贵的，他在他的自传《诗与真》里说，"眼睛特别是我用来把握这世界的感官"，《浮士德》里"守望者之歌"是一首眼睛的颂歌，从而也赞美了眼前所看到的世界。歌德的蜕变论是他思想中的主要成分，认为宇宙万物无时不在转变、发展；里尔克歌颂的奥尔弗斯用音乐转变万物，他自己也不断在转变。歌德体会到变化中有持久，刹那即永恒；《致奥尔弗斯的十四行诗》最后一首的最后两行这样说："向寂静的土地说：我流。/ 向急速的流水说：/ 我在。"歌德的《遗训》一开始就说"没有实质能化为无有"；里尔克有这样的诗句："我们陌生地踱过的一天/已决定在将来化为赠品。"尤其是歌德晚年《东西合集》里的诗，一草一木，一道虹彩，甚至一粒尘沙，都是诗人亲身经历的、亲眼看见的，却又无时不接触到宇宙的本体；里尔克晚年的诗与这也很类似。二人在他们的时代都感到寂寞，可是歌德由于他的工作和地位，里尔克通过大量的书信来往，都各自有广泛的人际交流，所以他们与他们所处的社会并没有隔离，而是声息相通的。他们相同之处当然不只是这几点，他们的不同之处也许比这更多。但是如上所述的共同点对于我既生疏又亲切，具有很大的吸引力，所以在我潜心攻读杜甫诗和鲁迅杂文的同时，也经常从歌德和里尔克的著作里吸取养分。

1941年，战争已经是第四个年头，我在昆明接触社会，观看自然，阅读书籍，有了许多感受，想用诗的体裁倾吐出来，除了个别的例外，我已十年没有写诗了，现在有了写诗的迫切要求，用什么形式呢？二〇年代惯用的形式好像不能适应我要表达的内容。我想到西方的十四行诗体。但十四行诗有严格的格律，我又担心削足适履，妨碍抒写的自由。正好里尔克《致奥尔弗斯的十四行诗》给我树立了榜样。世界上的事没有一成不变的，十四行诗的格律也可以根据内容的需要改动。于是我采用了十四行诗的变体，比较能运转自如，不觉得受到什么限制。

我在 1941 年内写了 27 首十四行诗，表达人世间和自然界互相关联与不断变化的关系。我把我崇敬的古代和现代的人物与眼前的树木、花草、虫鸟并列，因为他们和它们同样给我以教育或启示。有时在写作的过程中，忽然想起从前人书里读到过的一句话，正与我当时的思想契合，于是就把那句话略加改造，嵌入自己的诗里。例如，有一次我在深山深夜听雨，感到内心和四周都非常狭窄，便把歌德书信里的一句话，“我要像《古兰经》里的穆萨那样祈祷：主啊，给我狭窄的胸以空间”[1]改写为“给我狭窄的心 / 一个大的宇宙”作为诗的末尾的两行。又如我写诗纪念教育家蔡元培逝世一周年，想起里尔克在战争时期听到凡尔哈仑与罗丹相继逝世的消息

1　见歌德 1772 年 7 月 10 日给赫尔德的信。《古兰经》里的穆萨即《圣经》里的摩西。——作者原注

后，在一封信里写的一句话，“若是这可怕的硝烟消散了，他们将不再存在，他们将不能协助人们重新建设和培育这个世界了”[1]，正符合我当时的心情，于是我在诗里写道：“我们深深感到，你已不能/参加人类的将来的工作——如果这个世界能够复活/歪扭的事能够重新调整。”我这么写，觉得很自然，像宋代的词人常翻新唐人的诗句填在自己的词里那样，完全是由于内心的同感，不是模仿，也不是抄袭。

人有时总不免有寂寞之感，同时也有人际交流的愿望。我认为没有寂寞之感就没有自我，没有人际交流就没有社会。我想到意大利的威尼斯，由一百多个岛屿组成，每座岛都有自己的寂寞之感，但是水上的桥、楼房上的窗，把这些岛联系起来，形成一个欢腾的集体。又想起荷兰画家凡·高，他一方面用强烈的色彩画出火焰般的风景和人物，一方面又描绘监狱和贫穷农家的阴暗，同时他又受到东方艺术的影响，用轻巧的笔画了木制的吊桥和小船，因此我在诗里发问：“你可要/把些不幸者迎接

1　见里尔克1917年11月19日给他的夫人克拉拉·里尔克的信。——作者原注

过来?”这时，我再不像年轻时把寂寞比作一条蛇，用它口里衔着的一朵花象征少女的梦境；这时寂寞像是一座座隔离的岛屿或阴暗穷苦的院落，它们都仰仗着或渴望着桥梁、船只、窗户起着沟通和交流的作用。

当时的评论家把我的十四行诗叫作“沉思的诗”。

四〇年代，中国人民蒙受的灾难日益严重，新中国从灾难里诞生。无论是灾难或是新中国的诞生，都不容许我继续写“沉思的诗”了。它们要求我观看活生生的现实，从现实中汲取材料，比过去惯于在自然界和日常生活里寻求哲理和智慧要艰难得多。虽然如此，我每逢写作时，还是经常意识到我从歌德和里尔克那里得来的养分。

…………

1987年2月23日[1]

1 冯至于2月23日完成此文，作为6月4日颁奖仪式上答词的主要内容。

我和十四行诗的因缘（节选）[1]

本世纪二〇年代中期，闻一多、徐志摩、朱湘等诗人努力于新诗的建设，提倡格律诗，从各方面进行实验，也有人试作十四行诗，想把这个西方的诗体移植到中国来。我那时学写新诗，对格律诗不感兴趣，认为新诗刚从旧诗的束缚里解放出来，无须这样迫不及待地给自己套上新的枷锁。我只求诗的语调要保持自然，适当注意形式，至于以格律严著称的十四行体，我实在望而生畏，不敢问津。不料十几年后，在抗日战争时期，于1941年一年内，写了27首十四行诗。

1 本文为《世界文学》专栏《中国诗人说外国诗》而作，原载《世界文学》1989年第1期，后收入冯至《文坛边缘随笔》和《冯至全集》第5卷。开篇的“本世纪”指二十世纪。

诗集出版不久，竟得到朱自清先生的评语：“这集子可以说建立了中国十四行的基础，使得向来怀疑这诗体的人也相信它可以在中国诗里活下去……”(见《新诗杂话·诗的形式》)这是我当初万也没有想到的。

…………

在抗日战争时期，整个中华民族经受严峻的考验，光荣与屈辱、崇高与卑污、英勇牺牲与荒淫无耻……对立的事迹呈现在人们面前，使人感到兴奋而又沮丧，欢欣鼓舞而又前途渺茫。我那时进入中年，过着艰苦穷困的生活，但思想活跃，精神旺盛，缅怀我崇敬的人物，观察草木的成长、鸟兽的活动，从书本里接受智慧，从现实中体会人生，致使往日的经验和眼前的感受常常融合在一起，交错在自己的头脑里。这种融合先是模糊不清，后来通过适当的语言安排，渐渐呈现为看得见、摸得到的形体。把这些形体略加修整，就成为一首又一首的十四行诗，这是我过去从来没有预料到的。但是我并不曾精雕细刻，去遵守十四行严谨的格律，可以说，我主要是运用了十四行的结构。

我之所以这样做，一方面发自内心的要求，另一方面是受到里尔克《致奥尔弗斯的十四行诗》的启迪。这部诗集分两部分，共五十五首，是作者于1922年2月上旬和下旬两个几天内一气呵成的，与此同时里尔克还完成了断续十年之久的十首《杜伊诺哀歌》。一个月内有这样丰饶的收获，在创作史上几乎是一个奇迹。《致奥尔弗斯的十四行诗》的扉页上有这样的献词："写此作为薇拉·莪卡玛·克诺卜的一座墓碑。"薇拉是一个精于舞蹈的女孩，十九岁时死去。由于这个少女的死亡，里尔克更深入地歌咏了他作品中一个常见的主题：死。

希腊神话中的歌手奥尔弗斯为了寻求他的亡妻曾到阴间用弹奏和歌唱感动了主管死者的女神，里尔克借用奥尔弗斯的形象抒发他的生死观，在《致奥尔弗斯的十四行诗》里有这样一首，我曾试译过：

只有谁在阴影内
也曾奏起琴声，
他才能以感应
传送无穷的赞美。

只有谁曾伴着死者

尝过他们的罂粟，
那最微妙的音素
他再也不会失落。
倒影在池塘里
也许常模糊不清：
记住这形象。

在阴阳交错的境域
有些声音才能
永恒而和畅。

“永恒而和畅”，根据希腊的神话，奥尔弗斯的音乐有如此大的引力，能使林中的禽兽，甚至岩石和树木都倾听他的歌唱和弹奏，犹如中国古代的传说，音乐到了至善至美的境界，能召来“远鸟来仪”，“百兽率舞”。

里尔克在十四行里不只歌咏了死，更多的是赞颂了生，他观看宇宙万物都互相关联而又不断变化，在全集最后一首的最后三行这样写：

若是尘世把你忘记，
就向静止的地说：我流。
向流动的水说：我在。

读到这样的诗句，使人感到亲切，感到生动，不是有固定格律的十四行体所能约束得住的。里尔克于1922年2月23日把誊清的十四行诗寄给他的好友、出版家基贲贝格的夫人，在信里说：“我总称十四行。虽然是最自由，所谓最变格的形式，而一般都理解十四行是如此静止、固定的诗体。但正是：给十四行以变化、提高、几乎任意处理，在这情形下是我的一项特殊的实验和任务。”十四行最自由、最变格，甚至可以说是超出十四行范畴的，莫过于第二部分关于呼吸的那首诗了。我没有能力翻译这首诗，只能把诗的大意和形式用中文套写下来：

呼吸，你看不见的诗！
不断用自己的存在
纯净地换来的宇宙空间。平衡，
在平衡里我有节奏地生存。

唯一的波澜，它
渐渐形成的海是我；
一切可能的海，你最节约，——
空间的获取。
空间的这些地方有多少已经
在我身内。有些风
像是我的生育。

你认识我吗，空气，你曾充满我身内的
　各部位？
你一度是我言语的
光滑的外皮、曲线和叶片。

这首诗冲破十四行的格律，我的拙劣的翻译使它更不像十四行了。但是读里尔克的原诗，觉得诗的内容和十四行的结构还是互相结合的。诗人认为，人通过呼吸与宇宙交流，息息相通，人在宇宙空间，宇宙空间也在人的身内。呼吸是人生节奏的摇篮。这使我想到《庄子·刻意》中有这样的话，“吹呴呼吸，吐故纳新，熊经鸟申”，意思是说，熊在攀登、鸟在飞翔时最能感到呼吸的作用。

受到里尔克这种“特殊的实验”的启示，我才放胆写我的十四行，虽然我没有写出像《呼吸》一诗那样“最自由，所谓最变格的形式”；我只是尽量不让十四行传统的格律约束我的思想，而让我的思想能在十四行的结构里运转自如，正如我的十四行里最后一首的最后三行所表示的——

向何处安排我们的思、想？
但愿这些诗像一面风旗
把住一些把不住的事体。

写到这里，我想起霍夫曼斯塔尔[1]在1923年5月25日写信给里尔克，谈到《致奥尔弗斯的十四行诗》：“这些诗使我不胜惊讶，您是怎样给那‘几乎不可言传’的领域取得一个新的界线，一种敏锐的思想用美和精确一再地感动我，像是用中国人神奇的画笔画出的那样：智慧和韵律的装饰。”（见《霍夫曼斯

1　霍夫曼斯塔尔（Hugo von Hofmannsthal，1874—1929），奥地利诗人。

塔尔与里尔克通信集》）且不管这个比喻是否准确，当我读到这段话时，感到格外亲切，仿佛也回答了一个问题：像《致奥尔弗斯的十四行诗》这样一部并不是每首都能读懂的诗集，为什么给了我如前所述的启发，而且几十年来它经常在我的身边？——我又想起几十年前，当我初次读里尔克的小说《布里格随笔》，读到叙述法国诗人阿维尔斯在临死前听见护理他的修女把一个单词的字母说错，立即把死亡推迟了一瞬间，纠正了她的错误的轶事时，我的头脑曾经一闪：这就是我翻译过他的十四行诗的那个诗人吗，他对于女人那样趑趄不前，而对于生活和语言却是这样认真。此后我在文章里常常称赞这件轶事，勉励自己，可是从未提到过那首十四行诗。

我不迷信，我却相信人世上，尤其在文艺方面常常存在着一种因缘。这因缘并不神秘，它可能是必然与偶然的巧妙遇合。

1988 年 12 月 5 日

附 录 三

里尔克逝世十周年演讲

在我们这个时代，纯粹诗人是很少的[1]

女士们，先生们：

在今天和在随后的几周里，您将听到有关这位受到喜爱的诗人莱内·马利亚·里尔克的作品的许许多多最最重要方面的报告，这使我本人感到做一个引导是多余的和冒昧的了。但也许我确有某种权利在这里讲话，一种非常宝贵并同时是非常痛苦的特权，因为我在您的国家里是认识里尔克本人的为数寥寥中的一个，也许是唯一的一个。一种诗人的现象从来就不可能完全认识的，若是人们不同时使

1 本文为 1936 年里尔克逝世十周年时，斯蒂芬·茨威格（Stefan Zweig，1881—1942）在伦敦所做的演讲，由高中甫翻译。

人的肖像复活起来的话。正如人们在一本书里乐于在正文前面放上作者的一幅肖像一样，我也试着为您描绘出这位过早辞世的人的一幅速写像。

在我们的时代，纯粹的诗人是罕见的，但也许更为罕见的是纯粹的诗人存在，一种完整的生活方式。谁有幸见到在一个人身上典范地实现了创作和生活的这样一种和谐，谁就有义务，为这种道德上的奇迹，给他的时代和也许给此后的佐证做出贡献。多年来我有机会经常见到莱内·马利亚·里尔克。我们在极不相同的城市里进行过很好的谈话，我保留有他的书信和他的最著名作品《旗手克里斯多夫·里尔克的爱与死之歌》手稿，这是一件珍贵的礼品。可即使如此我不敢在您面前说是他的朋友，因为在我这方尊敬的距离是越来越大，并且在德语里“Freund”（朋友）这个词比英语“friend”（朋友）表达的是一种更为强烈的、更为密切的关系。这个词只能很少使用，因为它限定了一种最内在的联系，一种里尔克极少对某一个人保持的联系——您能在他的书信里看到，在三十年中间或许他只有两次或三次使用这个词来做称谓的。这是他本性的异乎寻常的特征。里尔克对表述和坦露感情有着巨大的羞怯感。他喜欢把他本人和他的为人尽可能隐藏起来，如果我把我在一生中遇到的许多人在眼前过一遍，那我所记起的没有一个人能像里尔克那样做得自甘落寞，不求闻达。有另一些诗人，他们为了抵御外界的挤逼，自己制造出一副面具，一副高傲的，冷峻的面具。有的诗人为了他们的创作而完全遁逃入他们的作品里，离群索居，自我封闭，可里尔克却不是这样。他看过许多人，他到许多城市旅游，但他的保护方法就是他的完全自甘落寞，不惹人注意，是那类无法描述的默默不语和轻手轻脚，这为他制造了一种令人无法与之接触的氛围。在火车车厢中，在饭店里，在音乐会上，他从不惹人注目。他穿着最简朴的但却是非常整洁和得体的衣服，他避免任何让人看出是诗人标志的举止，他禁止在杂志上发表他的照片。他的不可动摇的意志是能有自己私人的生活，成为众人中的一员，因为他不要被人观察，而是要观察别人。您试想一下，在慕尼黑或维也纳的某个社交场合，一二十个人在一起谈话。一个温和的、外表看来非常年轻的人走了进来，在场的人根本没有注意到这个进来的人，这种情况就是典型的。他一声不响，悄悄地突然出现了，他也许同一两个人握握手，随后他就微微地垂下头，以免顾眼四盼，这是双神奇的和有灵魂的眼睛，只有它才会把他裸露出来。他安静地坐在那里把手交叉地放在膝上去听；我从没有看到听众有这样一种极佳的和积极投入的方式，像里尔克的那样。他完全屏声静气地倾听，当他讲话时，极其轻微，人们几乎觉察不到他的声音是那么优美和低沉。他从不激昂慷慨，他从不试图去说服去劝告别人，当他发现，人们听他听得太多了，他已成了注意力的中心，于是很快他就抽身退了出来。那些使人毕生怀念的真正的交谈可能就发生在这样的场合：人们单独同他在一起，最好是在晚上，昏暗把他稍许遮掩起来；或者在一座陌生城市的街道上。但里尔克的这种克制绝不是傲慢，绝不是畏怯；把他想象成一个神经质的，一个性格扭曲的人，再没有比这更错误的了。他能完全豪放不羁，以最最自然的方式同那些坦诚的人交谈，甚至兴高采烈。只是他无法忍受喧闹和粗俗。一个吵吵嚷嚷的人对他是一种人身的折磨，崇拜者的每一种纠缠或逢迎使他明快的面庞露出一种畏惧的，一种惊恐的表情；看到他的安详有一种什么样力量，使纠缠者变得克制，使喧闹者变得安静，使张扬自我者变得谦逊，这真是奇妙极了。凡是他所在的场合都会产生类似一种纯洁的气氛。我相信，有他在场的情况下绝不会有人敢于口吐脏字和粗话，没有人有勇气去谈论文学上的流言蜚语和说些刻毒的言辞。他像动荡的水中一滴油一样，围着自己创造出一个安静的圈圈，在任何一种环境中他需要某种纯净。使环绕自己四周的一切变得和谐，使野蛮受到遏止，使丑恶消解在一种和谐之中，他身上的这种力量是令人惊奇的。他善于给他周围的人——只要他能跟他在一起——甚至给每一个空间，每所他居住的住宅立即印上这种标记。他经常住在很糟的住宅之内，因为他穷，几乎总是租来的房屋，一间或者两间，在他居住的房间里都是些无关紧要的和平庸的家具。但正像弗拉安吉利科擅于把他的斗室从简陋乏味变得秀美一样，里尔克懂得把他的环境立即弄得颇具个人特色。仅仅一些不起眼的小摆设就够了，因为他要的就是这样，他不喜欢奢华，木架上一只花瓶里插上一枝花，墙上一两幅复制画，这都是用几个先令买到的。但是他知道如何安放这些东西，整洁而井然有序，使之完全与这样一个空间相配。他通过内在的和谐而使陌生变得协调。他拥有的一切并不是美的，不是贵重的；但是在形体上都必须是完整的，因为作为一个形式艺术家他无法忍受生活中那种无形式的，混乱的，偶然性的，无秩序的东西。当他用他那秀丽的圆熟的工整的字体写信时，他不允许有任何改动，任何墨污。若是他的笔滑落到信上沾污了，他毫不怜悯把它撕毁，再次从头写到尾。若是有人借给他一本书，他归还的时候，就非常细心地用棉纸把它包好，并用一条细细的彩带把它捆好，放上一束花或写上一句特殊的话。当他旅行时，他的衣箱是井然有序的艺术典范，他善于把每一个小物件放在一个隐蔽的不显眼的地方，标上他自己的记号。给自己周围创造出一种协调的气氛，这是他的需要，就像自己四周有一个空气层一样，这就如同在印度，一方面有圣者，另一方有最低等级的人，即不可接触的贱民一样，没有人敢于触摸这样人的衣袖。这只是一个非常薄细的空气层，人们在这后面能感觉到他的本性的温暖，但它保护着他的纯洁和他个人的东西不受侵犯，就像果壳保护果实一样。它保护了对他说来是最最重要的东西：生活的自由。我们时代中的没有任何有钱的和成功的诗人和艺术家像里尔克那样自由，他任何地方都不受束缚。他没有习性，没有地址，他也根本没有祖国，他喜欢生活在意大利，就像喜欢生活在法国和奥地利一样；人们从不知道他在什么地方。如果人们遇见他，几乎是纯属偶然；他会匆匆而来，出现在一个巴黎旧书商的面前或者维也纳的一个社交场合，向一个人露出友好的微笑，递出他柔和的手来，他也会同样匆匆而去。谁尊敬他，谁热爱他，那就不要问他，能在什么地方找到他，不要去探望他，而是要等待他的到来。但对于我们年轻人，每一次看到他，同他交谈都是一种幸福和一次道德教诲。您可以想到，看到一位伟大的诗人，这对我们年轻人意味着是怎样的一种教育力量，他不会使人感到失望，他不忙忙碌碌，他不疲于奔命，他唯一关心的是他的作品，而不关心他自己的影响，他从不读评论文章，从不使人感到好奇，从不接受采访，他固执，直到最后会被一种对所有新东西怀有奇妙的好奇心所左右，我听到过他一整个晚上对一些朋友读一个年轻诗人的诗而不是读自己的诗，我看到他用他的秀丽的书法手抄一整页别人的作品，为的是把它们赠给别人。看到他对像保尔·瓦雷里这样的诗人是何等谦恭，看到他通过翻译为他服务，看到他一个五十岁的人谈起一个三十五岁的人就像谈起一个不可企及的大师一样,是令人感动的。羡慕，这是一种幸福，这在他生活的晚年是必要的，因为，我不需要为您加以描述，这个人在战争期间和在战后的时代，那时世界充满血腥杀戮，变得丑恶凶残，粗俗野蛮，那时他要在自己四周创造出安静已不再可能,他遭受的是怎样的一种痛苦。我永远不会忘记，当我看到他身穿军服时，他是多么心慌意乱，惶惑无措。在他重新能写出诗句之前，他不得不逐年地去克服他内心的瘫痪。这就是那部《杜伊诺哀歌》的完成。

女士们，先生们，我试图用一句话向您说明里尔克纯洁的生活艺术，这位诗人在公众中从不出头露面，在人们中间从不提高嗓门，人们几乎听不到他的呼吸声音。但是，当他离我们而去时，没有人不会感到我们时代失去这样一位悄然无声的人，先是德国，随后是世界感觉到了存在于他本性中的那种一去不复的东西。

有些时候会在一个民族出现这样的情况，当一个诗人逝世时，似乎创作本身也死去了。也许英国也有类似经历，那时在十年之内拜伦、雪莱和济慈都相继辞世而去。在这样悲惨的时刻，这最后一个人就像是成了他的时代的诗人的象征，人们会担心，这是我们所见到的最后一个。当我们今天在德国说起诗人时，我们还一直想到他，在我们还用目光在遇到他的地方寻找他那可亲的身影时，它正离我们这个时代而去，进入永恒，变成用大理石般的不朽之木雕成的塑像。

［全书完］

图书在版编目（CIP）数据

给青年诗人的信 / (奥) 里尔克著 ; 冯至译 . -- 北京 : 北京联合出版公司 , 2024.1
ISBN 978-7-5596-7183-7

Ⅰ . ①给… Ⅱ . ①里… ②冯… Ⅲ . ①书信集—奥地利—近代 Ⅳ . ① I521.64

中国国家版本馆 CIP 数据核字 (2023) 第 156298 号

给青年诗人的信
作　　者：[奥]里尔克
译　　者：冯　至
出 品 人：赵红仕
策划机构：雅众文化
策 划 人：方雨辰
特约编辑：廖　珂
责任编辑：牛炜征
装帧设计：裴峰南

北京联合出版公司出版
（北京市西城区德外大街83号楼9层　　100088）
北京联合天畅文化传播公司发行
北京市十月印刷有限公司印刷　　新华书店经销
字数86千字　　787毫米×1092毫米　　1/32　　6.5印张
2024年1月第1版　　2024年1月第1次印刷
ISBN 978-7-5596-7183-7
定价：58.00元